U0140610

因死而生

一位安宁缓和照护医师的善终思索

谢宛婷 著

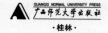
GUANGXI NORMAL UNIVERSITY PRESS
广西师范大学出版社
·桂林·

因死而生
YIN SI ER SHENG

中文简体字版© 2021 年，由广西师范大学出版社集团有限公司出版。
本书由宝瓶文化事业股份有限公司正式授权，
同意经由 CA-LINK International LLC 代理，
由广西师范大学出版社集团有限公司出版中文简体字版。
非经书面同意，不得以任何形式任意重制、转载。
著作权合同登记号桂图登字：20-2019-178 号

图书在版编目（CIP）数据

因死而生 ：一位安宁缓和照护医师的善终思索 /
谢宛婷著. —桂林 ：广西师范大学出版社，2021.3
ISBN 978-7-5598-3607-6

Ⅰ. ①因… Ⅱ. ①谢… Ⅲ. ①散文集－中国－
当代 Ⅳ. ①I267

中国版本图书馆 CIP 数据核字（2021）第 012547 号

广西师范大学出版社出版发行

（广西桂林市五里店路 9 号　邮政编码：541004）
网址：http://www.bbtpress.com

出版人：黄轩庄
全国新华书店经销
广西民族印刷包装集团有限公司印刷

（南宁市高新区高新三路 1 号　邮政编码：530007）
开本：787 mm × 1 092 mm　1/32
印张：9.875　　字数：180 千
2021 年 3 月第 1 版　　2021 年 3 月第 1 次印刷
定价：59.00 元

如发现印装质量问题，影响阅读，请与出版社发行部门联系调换。

目　录

第四章　最隆重的爱，是为你铺好一条回家的路

"You matter because you are you,

and you matter to the end of your life.

We will do all we can not only to help you die peacefully,

but also to live until you die."

—Dame Cicely Saunders (1918—2005)

"你是重要的,因为你是你。

即使活到最后一刻,你仍然是那么重要!

我们会尽一切努力,帮助你安然逝去;

但也会尽一切努力,让你活到最后一刻!"

——西西里·桑德斯女士,安宁疗护创始人

他们：永远都不让你，走投无路！

　　"善终"的观念在中华文化中已经有两千多年的历史了！庄子《大宗师》："夫大块载我以形，劳我以生，佚我以老，息我以死。故善吾生者，乃所以善吾死也。"辅仁大学宗教学系郑志明教授于二〇〇四年七月发表在道文化讲座的"庄子《大宗师》篇对安宁疗护的启示"中有云：依庄子思想，应以"心性照顾"或"人性照顾"来替代。庄子以身心的大自由与大自在来确立与天地一体的生存之道。但是，对于当代人，庄子《大宗师》篇"知天"与"知人"的终极关怀是很深奥的哲理，真的可以在临床医疗中落实吗？

　　如果你自己亲爱的家人正患有严重的疾病，时刻笼罩在担忧与惧怕中，你会担心未来若疾病恶化该怎么办，该到哪里去寻求理想的医疗照护吗？台湾真的有"心性照顾"或"人性照顾"的医疗团队吗？若病人已达生命极限，有地方、有人可以帮忙"善终"吗？

以上问题的答案就在此书之中！这本书，不是小说，也不是电影，是一个个血泪交织的写实生命故事。不过，作者谢宛婷医师深夜呕心沥血地在计算机前敲出感人肺腑之活生生剧本时，她并不是要煽动读者的情绪，而是细腻阐述在累积了众多临床经验之后的"大愿"：

一愿，每位绝望的病人，都能认知并寻得，当医疗得放手，"照护却是没有极限的，永远能换个方式继续"而获善终！

二愿，每位舍不得、放不下的病人家属都因高质量的安宁疗护，而领悟"放手不是一个断点，它是接纳哀伤的安息之地，也是继起生命的孕育之处"。如此方能善别！

三愿，每位苦难中的病人及家属，都能像本书故事中的安宁大使小惠一样，即使活到最后一分钟，仍能善生！谢医师"时时想起这个女孩。时间走过，哀伤渐退，剩下的都是和她一样光明的美好"。而她谨记着小惠的教导——"即使知道了，又何必天天去想；既然迟早要面对的，又何必把现在所仅存的快乐时光一起陪葬？"

四愿，高质量的安宁疗护必须有一个良善的医疗团队，因为"安宁照护总是不乏这么难的路、这么刺人的故事、这么挑战的心绪，然而不逃避地走过，并且愿意相聚在一块儿疗伤，然后迎向下一段故事，我觉得是这世间最美的勇气之一"。没有好的团队，如何能满足每一位病人与每一个家庭复杂的身心灵需要？

五愿，在"病人自主权利法"已经生效、运作之际，临床上难解的案例，往往不是一套"法律条文"就能解决的！谢医师说得好："安宁照护所守护的自主，不只是'你说的是什么'，更是'你实践的是什么'，甚至安宁照护者常是'当与重要他人出现相左意见时，不管你是妥协，还是坚持，仍全力协助捍卫，不退缩'的那个人，而这件事，需要一辈子的学习与体会。"攸关生命的大事，若无"一辈子的学习"，就会牺牲掉我们所服务的病人了！

六愿，在《留下来，是为了战斗，而不是死亡》的故事中，谢医师阐明了生死两无憾的真谛——岂止病人与家人要无憾，医生（医疗团队）也需要无憾。这个愿望就是"视病如亲"的真谛了！

作者谢宛婷医师，奇美医院奇恩病房（安宁缓和医疗病房）主任，你看到她时会非常惊讶，这么年轻、美丽的女医师，怎会有如此深沉的经验与智慧？才三十出头的小小年纪，因为渴望工作不要一成不变而选择踏入医疗，从此对那属于同一个疾患章节的百样病貌入迷。作为高才生从成功大学医学系毕业后，身兼安宁缓和医疗、家庭医学与老年医学的专科医师，长年推动缓和医疗教育，还在成大研究所深造，且对文学、哲学、法学、社会学、心理学和行为经济学充满兴趣，目前正力行成为法律和生命科学之间的转译者。所以她是一位科学与人文具备、秀外慧中、德业兼修的才女！在每一个生动描绘人身、人心、人性的真实案例之后，她加上的"最后一里路的安心锦囊"，更是画龙点睛，直指问题核心，使读者在为故事感动之余，更获得了攸关生命的宝贵知识。这样一本书，你若不细细品读，一定后悔、遗憾！

近年来因为生死学及安宁疗护的议题正夯[1]，有许多出版社翻译英国、美国或日本作家的相关书籍。不同文化的交流与学习固然很好，但像谢医师这样知识与经验俱丰的本土作家的著作，仍然是能让民众立即举一反三、活用到自己生活之中的首选。例如，有许多病人或家属希望能找到一家真正落实高质量照顾的安宁疗护机构，但不知如何评估，而怎样才是不喊口号的五全照顾——全人、全家、全程、全队、全小区的典范呢？面对千百种不同情境及面貌的病人或家属需要，医疗团队要如何响应与答复呢？当病人产生"失志症候群"而要求安乐死时，如何因应？当病人与至亲家属愿望背道而驰时，能从医疗获得怎样的帮

1　正夯，眼下很流行、很热门。——编者

助？当病人无法由口进食时，需要插鼻胃管灌食吗？做医疗的抉择好难，但医疗人员能协助我们做一个无憾无悔的抉择吗？这么多具体的疑问都可以在本书中找到答案！因为每一个实例中皆有水姑娘一号（谢医师）和水姑娘二号（淑娟居家护理师），作为代表性的医疗团队细腻、温暖、共情同感地照顾正在受苦的病人及家属！

　　受到生命威胁并深受多重苦难的病人或家属，常觉"苦海无边，回头不是岸"般走投无路。但本书作者用实例告诉读者，一位德术兼备的好医师，加上一个知能与爱心俱足的医疗团队，他们，永远都不让你走投无路！

台湾安宁缓和疗护推手

台湾成功大学医学院名誉教授

赵可式

推荐序二

生命缓缓飘落，在纸上化成了
翩翩美丽文章

　　一月中，宛婷把她写书的讯息 LINE[1] 给我，要我一定答应为她写一段推荐序。夜里听闻这个讯息，睡意全消，喜悦、骄傲、恐惧的复杂心情交错。我年轻的美女医师、徒弟又攻下了另一个山头。不到三十五岁，她当上了医院安宁病房主任，背着安宁的书包进入成功大学法律研究所苦读，成为"病人自主权利法"重要的幕僚与讲师，六年多的安宁病房点滴血泪又将化成翩翩美丽文章。我恐惧的是几年前病房交棒，离开任职十七年的医院以后，早已把自己的文笔远抛，多年不曾写过一篇超过千字的文章。笔已锈，担心陋文减损了美丽女弟子第一本书的风采，担心默默无闻、半退役的中年白发医生写的推荐毫无推力可言，犹如就要陪上台受奖的女儿，阿爸找不到相称的行头，无法一起出席。

1　LINE，一款手机通信软件。——编者医疗生涯二十多年带过不少徒弟，我没有特别告诉过她什么学问，只觉得她在某些地方跟我频率相近。勇气，对，尤其是勇气。宛婷从来没有为自己设定框架，没有设限，想做就去做了。凭着这股勇气，我只考虑了几分钟就答应为她写序。天哪，一个年过半百、未曾出书的老医生第一次要写推荐序。

最棒奇恩

奇美医院的奇恩安宁病房成立于二〇〇八年七月。印象中，宛婷医师大约是在二〇一一年左右，以家医科住院医师的身份来到这里受训。奇恩病房的早期，就只有一个麻醉疼痛科菜鸟医师当主任，加上炳仁医师，他刚从北荣应聘到病房当专任主治医师。与其他医院的安宁病房相较，奇恩对住院医师的训练只能说是"聊备一格"。一批批的住院医师来来去去，犹如栽培一颗颗种子，哪曾期待某天有人自愿举手接下"安宁病房"这个劳心、劳力的"功德单位"。

面对"死亡"，病人的价值观、想法猪羊变色[1]，认同它

1　猪羊变色，台湾地区习惯口头用语，指彻底被扭转和改变。——编者

的医疗人员也一样。可以下班后，再赶回医院跟心里挂念的病人——生命导师道别；可以上班前到便利商店，夹带高粱酒到病房，陪病人对饮，只为了看到病人最后满足的笑容；牵着病人挂念的老狗进医院，跟医院保安硬说这是新来上班的"狗医生"；可以上班时带着护理师到武庙的龟池中，翻遍上百只乌龟，提回病人最后挂念的龟儿子。死亡就是这么充满奇妙、恩典，大部分人排斥它，遇上时，又不免自动睁大眼睛来思索它。

入　坑

在宛婷的安宁学习过程中，我没有特别的印象，只记得有几个对安宁疗护特别有兴趣，后来也交钱给了"安宁缓和医学会"的家医科住院医师，她是其中之一。在二〇一三年，病房要扩充时，为主治医师人力伤透脑筋的我，与炳仁医师讨论后，把家医科刚派往柳营分院的宛婷当成第一志愿，请医院当时的首席医疗副院长林勤益医师下了十二道金牌，两三天内，就把被派往柳营奇美分院不久的宛婷调回了奇美永康的奇恩病房。

宛婷对于这人生中巨大的改变，沉稳、勇敢。她未经长时间思索，就接下了"安宁病房主治医师"的棒子。踏上安宁，对于大多数家医科住院医师是极不可能的选项，宛婷接下了它，事后还喜悦地感谢我让她进入这个团队。苦，我自己承受，怨不得人，可是要拉这前程似锦的年轻医师进来，我心里也挣扎了许久。现在想起来，只能感谢主，每每在关键的时刻，派遣天使到我身边。谢谢宛婷，也谢谢奇恩的姊妹兄弟们，我怀念这段一起骄傲、流泪的岁月。我告诉宛婷："可以当你新书的第一个读者，我死而无憾了！"她笑着对我说："太夸张了啦！人生可以臭屁骄傲的时候不多，我只是把握时机跩了一下。"

不美丽，吾宁死

宛婷医师的文字跟她的外表一样，就是漂亮。她喜欢让人看到最美丽的一面。说个笑话，话说几年前，她生产、坐月子的时候，同事一大早就去探视，可是在房门外等了好一阵，等她把妆化好。我真的没办法理解女人爱美的想法，总觉得美不就是自内心流露出的魅力吗？宛婷的内涵、文采，大家都可以感受到，化妆应是多余。几次言谈中，想看到宛婷更真实的一面，我自觉不做作，可以让人更没有距离地见到不经修饰的宛婷，可是，她还是一直努力让我们看到最美好的她。

喜欢读、写是宛婷自小培养的习惯，美丽的词汇总是随时可以在她的言谈、写作中出没，所以看到这本书时，我心里没办法不陷入"这书是纯文学、散文随笔，还是给社会大众的医疗保健类文章"的疑问里。安宁照顾喜欢用"全人医疗"这个重点来论述，谈的是死亡前，病人、家人、医疗人员在这场景中互动的点点滴滴。要"善终"不是那么简单，需要自己、家人平时就开始准备，更重要的，要有好的"向导"。爬艰难的高山要有向导，往死亡艰辛的道路，当然更需要。书中的一些故事，有些我们曾一起经历过，有些已经模糊不清。很感谢宛婷把过去无数滑落的生命用精彩、易懂的文字留下真实的记录。这本书适合社会大众，也适合医疗专业人员来阅读，因为在专业的教科书里，无法如此真实地呈现。

鸡婆[1]导读

《能不能，多呼吸一刻？》讲的是王大哥、王太太、医疗人员因爱、贴心而产生的互动。在泪水后，王大哥平安地往生，爱也镌印在此书中。《永远都不让你，走投无路》记

1　鸡婆，有多种含义，此处指碎碎念、啰里啰唆，带有自嘲的意味。——编者

录的是病人、家属、外科医师都走投无路，可是病人又不属于末期阶段，这该怎么办的故事。其实缓和医疗不见得一定要以病人死亡做结局，缓和医疗的全人照顾模式适合所有的状况。医疗人员要是只看到病人的"病"，很多时候会卡住。唯有以"人"为核心来考虑，问题才更有机会迎刃而解。自杀、忧郁不容易治疗，甚至在荷兰这个国家也接受严重无法治愈的忧郁症病人安乐死。宛婷医师接纳了病人对死亡的渴求，曾在深渊中陪伴病人，很高兴又看到她牵着病人再回到了岸上。

在《解除医病关系的挣扎》一文中，儿子为了捍卫儿时未曾出现、爱过他的父亲，甚至坚持到医疗已无效时，还要再急救，给病人造成偌大痛苦。但医生不舍得决策者终身背负这些遗憾，所以勇敢地把十字架扛起来，而如果没有爱与智慧，这怎么可能完成？《放手不是是非题》写的是三十多岁的年轻人严重车祸脑伤后，在成为植物人的状态下，母亲、姊姊为撤除呼吸器，与宛婷医师一路上关于爱、痛的挣扎。放手从来不是是非题或选择题，好在"病人自主权利法"已上路，至少有管道解决一些问题。

《爱，从来都不是一个人的事》谈鼻胃管喂食的考虑与白发人送黑发人的哀恸。病人见完母亲后，心放下，微笑，道别后离开，这是多么美的句点。《情报员的迫害》，宛婷可以化身为黄主席的心腹，得到病人完全的信任，而病人心安，大家也平安了。《一只河豚所掀起的骇浪》是一个中毒船长引发的悬疑案件，过程如同《玫瑰瞳铃眼》般，宛婷医师用法律、伦理的专长来带领团队成员走过内心的挣扎。医疗人员不是万能的，在死亡面前，我们也渺小、无助。只期盼每个生命缓缓飘落后，我们的灵性、智慧也得以增长。

这是宛婷的第一本书，很高兴成为第一位读者，卖多卖少都是次要的。它记录了宛婷的成长，记录着我从前辈变成铁粉，记录着最棒奇恩人的精彩片段，也希望这美好的故事流传下去，感动整个社会。

宛婷，辛苦你了，不要一直都这么美丽。少做一些，懂得拒绝与定期修整，快乐地做自己，爱你的家人，多给他们一些时间。我永远在你身边，爱你。

奇美医院奇恩病房前主任
奇美医院麻醉部兼任主治医师
陈冠廷

推荐序三

好好死，好好生

　　一九五〇年代，台南，有户人家为打发每晚停电的一小时，总是全家聚在一起，由亲家公朗读有趣的故事给大家听。这位亲家公说书功力高深，他读《三国演义》，讲刘备、关羽、张飞，活灵活现的叙述，总让大家听得入神。那一小时里厅房漆黑，唯烛火摇曳，待灯光复亮起，意犹未尽的众人会不约而同地说："今天停电真的有一个钟头吗？""会不会是弄错，只有三十分钟？"接着，大家才不情愿地回到自己的位置，读书，缝衣，进厨房。

　　《府城的美味时光——台南安闲园的饭桌》作者辛永清，在《父亲的生日》描述士绅辛西淮的一章里，是如此记下了她的日常回忆，也写下她去高中毕业旅行，因而不在场的那晚所发生的事情："当晚的故事该是多么有趣啊！大家一定专心聆听，像平常一样度过了愉快的时光。电灯亮了，合上书本。父亲放松地靠在大沙发里，闭着眼睛，面露微笑。'是不是有点累了呀？'母亲说她是这么想的。父亲好像睡着了一样，然后就再也没有睁开眼睛了。父亲已经踏上了另一段旅程，就在家人团圆共享天伦之中。"

啊，真是令人羡慕。我还记得，初读这故事时，心中浮现的是怎样温馨美好的向往。虽说死亡是告别与分离，但这结局多么梦幻啊：团圆、陪伴、安详、没有痛苦。朗读完毕，灯亮了，在那仪式性的切换中，上路的人已经静静启程——这是我所知道，关于"好死"，最美丽的故事。

然而，这样福报似的结局，毕竟是种运气，求也未必可以求来的。在癌症、慢性病及意外事故发生率极高的现在，痛苦、恐惧、惊慌、遗憾时常伴行，最后一程，不是每个人都能走得圆满愉快。好在，时至今日，医疗照护的目标除了治愈疾病、挽救生命，逐渐有了更多思考。安宁缓和医疗，是在医疗科技日益朝尖端发展的数十年里，开出的一株温柔花树。

宛婷医师是我就读成大医学院时期的学妹，恰好，我俩是在肿瘤科病房认识的。相差数届的我们，当时一是住院医师，一是实习医师，同被编入某团队，轮训该月，一起照顾病人。但我其实更早就知道宛婷了，她是那种任何人都会注意到的学生——甜美、有礼，尤其是她的认真与慎重。在升上了大学，大家往往穿T恤、趿拖鞋便去上课的时候，宛婷衣着端庄，打扮整齐，正式得仿佛要去赴约。当别人问及此，宛婷总回答："我觉得上课是一件很重要的事啊。"她看待课堂、看待自己的态度，让我印象深刻。而在肿瘤科训练的月份，我们更共同度过了一段愉快的时光，宛婷的聪慧、温柔，使照顾病人的工作非常顺畅、和谐；记忆最清明的，则是上班空当，我俩讨论旅途种种，喜欢旅行的宛婷给我介绍了不少民宿，她谈到旅行时眉飞色舞，笑声连连，那时我想，这真是个浪漫的女孩啊。

是吧——走医学、从事安宁缓和这条路，若不是那始终浪漫的心支撑，大概是无以为继的吧。

毕业多年，宛婷一直走在她独特而不改初衷的道路上。自家庭医学专科结训后，她一头投入安宁缓和医疗专科，为更求精进，在忙碌的工作、家庭生活中仍考入法律研究所进修，一心只希望可从医、法两方面，为需要安宁照护的病人多做点什么。安宁观念近年来在病人自主意识中开始生根，但还不够普遍、深入，宛婷因而运用她能休息的少数余暇，接下多场演讲、访谈，期待这样的行动能使更多人认识正确的安宁医疗。如今，《因死而生：一位安宁缓和照护医师的善终思索》正是宛婷医师集这几年来的医疗经验，献给诸位读者的一份安宁思索之礼。

《因死而生：一位安宁缓和照护医师的善终思索》一书里，宛婷以深情之笔，记下与她生命曾有交会的病人的故事,每一则,都是如何"好死"的情境难题。有人为了达到妻子的错误期待,愿意置放自己不能忍受的鼻胃管,这故事,是关于临终灌食的迷思;然而,与"吃"相关的,书中也有另一版本诠释:有人酷爱美食,虽然肿瘤使他难以吞咽,在过世前一晚,病人仍满足地吃到了他嗜食的鱼皮汤。某些医疗状况题则在疾病之外,譬如家属因经济压力,不愿积极治疗病人,于是签署拒绝治疗同意书,希望无意识的病人可以早日往生;也有家属因不清楚病人返家后的身体表现,先为病人换上寿衣,张罗后事,让尚未死亡的病人,在极度不适的环境下被摆放了数天;以及,受刑人要至医院见临终病人最后一面,必须突破哪些关卡……以上,很难想象都是宛婷每日要面临的个案——多元歧异的生命样态、家族谱系、人情牵扯,以至于病人本身的性格,都让我们看见,安宁伴行,是多么复杂、细腻的一门医疗学问,而在这里完成善终的每一个体,也都是独一无二的。

　　人生很难恒常安乐,世上彳亍数十年,大凡是人都能体认到,生命本身往往是不尽圆满的。但正是这不圆满,更显得在旅途最末一程里,慎重以对死亡的重要,好好死,就是好好生的终极表现。尊严、安心、舒适、无憾,是善待自己的方式,同时,也是让在世者能继续前进的美好动力。多年临终伴行,宛婷已由我当年认识的实习医师,长成了一股静定温柔的巨大力量，我从病人、病家回馈于她的言谈及举动里，感受到那爱与善的循环。掩上书页，我想，执笔写下《因死而生：一位安宁缓和照护医师的善终思索》一书的她，要与我们分享的，并无其他，无非是在生命的尽头，一种爱自己，也爱别人的方法。

家庭医学专科医师、作家
吴妮民

乘一叶扁舟，渡生命长河

收到纯玲的讯息，我人正在西班牙，准备参加欧洲安宁缓和协会所举办的世界大会，但当时最大的困境是行李在转机时丢了，已经过了两天，还是没接获任何消息。忽然有个出版社编辑说要帮我出书，那时我们相距大约一万余公里的飞行距离。

如果说，要在这么远的国度待上一周，而且还要发表论文却丢了所有的行头，正是摔落幽谷的话，那纯玲的讯息就是幽谷中的微光，让我知道一切都没有那么坏。这正是一本幽谷伴行的书，这些生命故事中其实没有那么明确的医病关系，对于苦乐也从没有单一的视角，因为死亡的叩门，我们得以亲炙生命中最灿烂的风采，让我们知道这片月世界[1]中竟然还能发出新芽，所以，这不是一本教人们如何去善终的书，也不是要倡导安宁疗护的书，而是一本

1　月世界，指地形崎岖险恶、如月球表面般荒凉的地方，也称"恶地"。——编者

借由安宁缓和照护,使我幸运得见这些人世间少见的美好,但又不忍且惶恐于独自领受而记录下的书。

　　表面上这是一本死之书,实际上却是一本生之书。人生时不时地有个坎在那儿,有些坎在死亡的映照下变得鲜明,也特别刺眼而且磨人,但终究,挽个手搭个肩跟跄着都得以跨越,有时忽地还会发现身边这人真是个有力的伴,或是那坎是跳出一场美丽舞蹈的必要道具。我想在书里,把我这几年的体会,写成那种舞台剧会演出来的故事给大家读,所以,不是要写那人生如戏的情节,虽然故事都是真的,而是要写人生里那值得写成剧去咀嚼的存在意义与人性之美,这些是故事里的每一位角色用他们的生命去演绎的,不管是病人、家人还是医疗人员。

　　安宁缓和医疗不只是一门医学,它还是一种生存的方式,更是一种生命的艺术。如何让人好好地活到最后一刻是安宁照护人员一生的悬念,但还是有太多人误认我们是催熟死亡的死神,希望这本书可以让大家从安宁照护人员那从不放弃的勇敢与爱,还有力求最好治疗与照顾的殚精竭虑中,对于接受安宁缓和照护这一件事,变得坦然并且放心。当然,若能抱有期待更好,总是有那时候到了的一刻,希望安宁照护可以被写在预立医疗决定中被期待着,让生命最后都能再开一次花。

这本书也写决定。比起面对死亡，做决定其实是更难的，我每天都学习着去体会这股艰难的心绪，所以我也是一个格外提倡医疗人员不应逃避和病人共同分担做决定责任的医师，熟悉现代医疗照护困境的人势必知道这有多么不容易，光是高医疗兴讼率以及自主意识高涨这两件事就足以让医疗人员对我的倡议嗤之以鼻。若是读完此书的人可以因着看见照护现场的故事，对医疗人员付出更多的信任，从而让医疗人员愿意重新走入血肉的决定中，不再只是躲藏在一张张充满防卫意涵的同意书或是切结书[1]后面，那么绝对会是此书的意外收获。

我们在一生中得做多少的决定，有些决定所即将拉开的一扇门后是难以承受的伤痛。在那滚烫的酸楚中，我们多希望时光凝滞，而不需被迫站在抉择的路口，然歌德已对我们言说："凡不是就着泪水吃过面包的人，是不懂得人生之味的人。"但凡人们的成长与智慧，都在绊脚处萌生，都在泪水中滋养，所谓的善终照护工作，常常可以看见泪水，但那泪水有时不尽是因为死亡或是终结而落下，而是因为被决策中的恐惧、愧疚、愤怒、罪恶感、无助所吞噬。但是，这些往往是生命决策中最让人动容的历程，这些被

1　切结书，有"协议、保证书、声明文件"等多个含义。——编者

泪水蘸湿的，才是生命真正的滋味。经过难以计数的会谈与陪伴经验后，我在听闻他人赞扬安宁照护所带来的舒适与善终时，总带着警惕，因为当我们把这样的价值观灌注在我们即将陪伴的家庭中时，显然就有了是与非的前提，仿佛没有果断选择撤除看来受苦或无效的医疗，就是与善终敌对的。其实我们应该知道，善终不是结果论，而是过程论的，这也是在死亡质量的研究中，为何病人对于善终的主观感受之评价，胜过任何客观的指标。死亡既然是个过程，那么是否平安无愧，不是死亡终局当下完成哪些条件，就能称善终大获全胜，而是在这个细腻而动荡的罹病与陪病过程中，是否安然地乘破了每一个波涛。

　　我在专科医师的训练结束后就全心投入安宁照护，总有许多人问我，为什么这么年轻就想要投入这怎样也与死亡脱不去关系的医疗领域，甚至还有前辈劝我去其他的世界走一走，别才开始独当一面便如此死气沉沉。我总淡然一笑，感谢对方的关心。在死亡关头，我领略的何其多呀，根本就是个生命奔放燃烧的小宇宙。也许在其他人眼里，这幽谷中充满的是沼气，见不得火光，但他人可知，沼气有天也能发电，只要改变我们看待与处遇的方式，没有火光却有了照明。

　　这书写来断续，也时时磨心，我在书中都给主角起了化名，某些细节也略做更动，除了几篇有病人或家属应允过愿意在我的文字中与各位见面。谢谢奇恩团队为呵护这些故事主人翁而无悔扮演的重要角色，谢谢每一位愿意留在奇恩接受照护的病人与家属，用生命在这段过程中与照护团队交织，也谢谢我最重要的家人毫无保留地支持着我的理想，最重要的是谢谢宝瓶文化让这本书得以诞生。但愿此书，能如一叶扁舟，乘坐时或许摇荡，但总能平安地渡那生命长河。

第一章

在"放手"中紧紧地牵住手，
在"不放手"中，
静静地酝酿道别

永远都不让你，走投无路

"水姨，如果你真的死在家里了，
你觉得女儿会因此而轻松，还是更麻烦？"
水姨愣住了。我想，应该没有人这样和她谈过话。

大家都知道安宁照护照顾着生命即将走向终点的人，
然而，有的时候，生命还没走向终点，选择却已经走向终
点。走投无路的人生，也时常敲响着安宁照护的大门。

幻听不时地怂恿着她自杀

水姨在她不断被逼迫的人生中弹尽援绝，手边尽是坏
球。她想勉强捡起一颗投，却发现，连投出这样一颗球的
权利都没有。

我们就在这样的状况下，与水姨和她的女儿相见。

那时，水姨正饱受盐酸灼伤食道重建手术成功二十余
年后，莫名其妙又跑出来的并发症之苦。因为无法吞咽与
呼吸困难，水姨在外科医师的照料下，做了一个气切造口，

让呼吸功能可以稳定，然后经历了数次非常痛苦的食道扩张术。

之间有段时间症状改善良好。水姨以为可以重拾过去手术后平稳的日子，孰料这一回不到半年，症状又全部复发。

外科医师帮水姨安排了检查，发现之前扩张的地方并没有问题，因此也没有必要继续做扩张治疗，但也发现了食道与喉头的肌肉，几乎没有在动弹，这就表示要仰赖原有的喉咙与食道继续吞咽食物，已经不再可能。如果要进食，接下来，就只有考虑人工造瘘口一途了。

但是水姨拒绝了，经过了这二十多年饮酸自尽、重大手术、持续进展的思觉失调症、反复的食道扩张术等种种历程，身心逐步地被摧枯拉朽，不但失去了最基本的生活功能之一，也被宣示着，她从一段又一段的抗战中败下阵来。

一直无法获得稳定良好控制的幻听，不时地怂恿着她自杀。陆续几次企图自杀，也没有死成，现在还要面临侵入性维生医疗的抉择，水姨累得再也抬不起脚。

除了拒绝了外科医师施行人工造瘘口的建议，水姨还询问医师能不能让她安乐死。她实在活得痛苦，也一直在拖累女儿。

这样的受苦，谁都不忍心

外科医师拨了通电话到我的诊间。问我，是否能见一见这对母女，看看有什么方法可以帮她们。这样的受苦，实在是谁都不忍心。

水姨不是末期病人，我想，外科医师在电话中略带为难的便是这个原因。他知道我并没有名正言顺的理由，可以提供安宁照护给这个病人，但这是一个不可治愈又每况愈下的病人。病人拒绝了侵入性的维生医疗，又被明显的精神症状侵扰着，心理状态极度不稳定，现在更是提到死亡意念。

除了善于提供舒适症状照护、不可治愈疾病的维生医疗决策讨论、心理灵性与死亡议题处遇的安宁团队，外科医师还真是不知道要把水姨往哪儿送，而我在电话这头，实在也找不出拒绝这样一个病人的理由。

有时，制度把很多的苦难都挡在篱笆外头，像是安宁照护的健保给付条件也是。我们看到了满坑满谷的照护需求啊，却因为病人罹患的不是条件规定下的癌症，或是脑、心、肝、肺、肾等重大器官的衰竭，即便生命真的是要走向终点了，却不被健保允许接受安宁照护，这与我们在理念上，认为以病人需求为第一优先的期待，还真是背道而驰。

5

我知道我们能帮上水姨和她女儿一些忙，但我得和她们见面，才有办法谈，也才有办法了解他们的需要是什么。

水姨真的非常想死。她说，现在只要让她独处，她一定会马上想办法寻死。

她的幻听现在强势得不得了，幻听的声音告诉她，她是个该死的人。而近几次的就诊，医师也告诉她，没有办法了，更加深她认为自己没有任何存活价值的想法。

水姨说这些话的时候，女儿一直专注地听着。我相信她不是第一次听到这些话，但她并不像其他焦急的子女一直插话，并且徒劳无功地说着要父母不要胡思乱想这样的话。

她的关心很镇定。她将背负的我当时还无可想象的压力，也处置得恰到好处，而她这样的认份[1]与无怨，让我更加希望能够帮上点实质的忙。

我用"事实"与她谈

所以，我们就从自杀这件事情谈起。在那当口，其实没有什么一蹴可及的方式，但是我从病人的叙说中，听见

---

1 认份，闽南语方言，认命、接受现实。——编者

她对于自己身心状况对女儿这一路以来所造成的负担，感到非常抱歉。她希望了结自己之后，可以让女儿不再如此辛苦，所以，我决定用事实与她谈。

即使受严重的幻听精神症状的干扰，一直以来，水姨的认知能力并没有受损，对事实利益的衡量，也一直还是很妥当的。因此，我想请水姨想远一点，如果真的照她的想法去进行，到底结局是不是如她所想象的一般。毕竟大多时候，病人所假想的做法，和医疗实际上会发生的状况，可是相差了十万八千里。

"水姨，如果你真的死在家里了，你觉得女儿会因此而轻松，还是更麻烦？"

水姨愣住了。我想，应该没有人这样和她谈过话。

"我也不知道。如果我真的自杀死了，我女儿会怎样？"

"水姨，你会是意外身亡的，所以女儿要接受警察的调查，就算这些例行的询问很快就会结束，你也必须等到检察官和法医来司法相验后，才能拿到死亡诊断书，才能开始忙后续的事。而且你们住大楼耶，这些事一来一往，应该会有很多邻居来关心或好奇吧。女儿还要应付这一些喔！"

"我不要再给我女儿添麻烦了。好，我不自杀了。可是我真的不想要任何外来的医疗了。我真的活得很辛苦。"

即使如此，我们还是知道独处对水姨来说，是危险的，所以我很快地和她女儿讨论了几个方案。

也许可以去照护机构，但是大多数的机构其实不太愿意照顾有精神疾病的病人；也许可以在家请看护，但是愿意负担这么大责任的看护，恐怕不容易找，就算来了，可能也容易辞职；也许可以到精神疗养院去住院，但是水姨现在的痛苦，不只是幻听的症状，还包括很多生理上的问题。

女儿曾经试着将妈妈带去住院，然而因为需要内、外科医疗的处理，便转院出来。然而，当内、外科医疗的问题处理完毕，又没有床位可以入住了。

讨论来，讨论去，似乎只有第一个方案最可行，就是得碰碰运气，而女儿的效率也很惊人，下午竟然就找到了一个愿意帮助她们的机构。

暂时性安置好，没有安全的大疑虑后，我们开始执行水姨的照护计划，目标是确保死亡前的尊严、无痛苦，所以开立了药物缓解气道与喉咙的阻塞、分泌物多的症状；与治疗师合作，找寻简单补充水分、较能够吞咽成功的方式；会同精神科医师访视，更改处方，让幻听改善；也慎选抗精神病药物，降低可能会影响吞咽功能的风险。

过往不幸的遭遇

更多时候，我们是倾听水姨到机构之后的生活点滴、她的心境与牵挂，以及非常隐微的过去不幸的遭遇。

水姨年轻的时候，遭到自己已有家室的老板性侵，生下现在身边这个女儿后，一度精神崩溃。

她便是在那时喝了盐酸，企图自杀。自杀未成，经手术治疗活下来后，水姨没有太多的本钱与筹码，可以自己谋生，便也只好在老板身边继续待着，也就是在那时，幻听等精神症状逐步出现。

水姨不敢让身边的人知道这件事，因此也都没有就医，直到发现老板甚至企图骚扰女儿，水姨才鼓足了勇气，带着女儿逃离老板的魔掌，开始清困的生活，勉力地想要活下去。

充分理解母亲困境的女儿

女儿长大后，水姨没有隐瞒她任何的过去，而贴心的女儿，并没有对身世有任何的怨言，反而是更加地心疼母亲。

当女儿的能力足以养活自己的时候，她便带母亲离开伤心地,积极地找寻精神科医师就医,并且很争气地找到一份薪水足以自立与养家的工作,甚至也慢慢地步上人生的轨道,结婚生子。

而这期间,她一直带着妈妈,不曾有一刻放下妈妈,她是这个世界上唯一,也最了解妈妈受过什么苦的人。所以我才明白了,为什么她可以这么接纳妈妈走投无路的时候想要一走了之,以求解脱的心声。

妈妈为了活着,为了女儿,为了对自己的人生负责,在每一次走投无路的时候,都选择了坚强,而为了坚强,不知道吃了多少别人根本无法想象的苦楚,甚至用尽了远胜于别人一生的勇气。

这样努力的妈妈,当她真的累了,我们又怎么舍得去逼迫她,为了些什么,再勉强自己继续努力下去。

但是有时候,我们很难接受爱着的人不再继续努力,因为那样,不只像是他们放弃了自己,也放弃了我们和他们之间爱的联结,后者往往更加难以承受,仿佛不再继续努力,便是否决甚至抹灭了彼此之间共存的爱。

医师爱着他们的病人,所以无法接受病人不再继续努力;子女爱着他们的父母,所以无法接受父母不再继续努力;夫妻爱着他们的另一半,所以无法接受伴侣不再继续努力。

但是目标设定错误的努力，例如，希望已经蔓延、转移的癌症病人努力后康复，不啻像是西西弗斯推着大石。使尽浑身之力，推上山头的巨石，迅雷不及掩耳地，就又滚到了山脚下。

　　一心一意要把巨石推上山头，也就此忽略了所有山路上的风景。一心一意想要末期病人再度健康活着的期待，就像是西西弗斯的大石，而我们推着一个不可能成功的大石，却因此放弃了所有仅剩的美好。不如将这石头作为垫脚石，一起看向透过石头的高度，还能看见的风景。

　　女儿的坚毅与勇气和她的母亲如出一辙，所以在这么多苦难的日子里，她不但接纳妈妈不再想要推石头的决定，还能和她坐在石头上，一起认真过着可能所剩无多的人生。

开始享受生命中的美好

　　而让人欣慰的是，当越来越多的人加入团队，接纳了水姨所有的过去，以及对未来的选择，她的身心状态也逐步稳定。

　　不只幻听改善、心绪平静，甚至透过简单的药物调整与复健训练，可以慢慢地再度进食。而很幸运的是，她入住的机构，也给了她一个非常自在的活动空间。

水姨感到非常安心，也感受到她不再需要为了自己要脱离苦难一事，声嘶力竭地抗争，开始试着去享受生命中小小的美好与幸运，会为了吃下几口饭而雀跃，为了外孙到机构短短的陪伴而感到期待。

水姨终于又像是在过日子了。三个月后，水姨进食和精神症状更加稳定，也回了一趟家，参加了外孙三岁的庆生会。那日，恰好有团队中的医师、护理师和心理师去访视她，和他们一起合唱生日歌并留影。

护理师捎给我照片，告诉我："水姨病都好了喔！"

我真的好感动。通常，我们说病人的病都好了，是告诉家属，已经离世的病人，不再受病痛折磨，让他们安心。但这是第一次，我们说病人的病好了，是真的好了。一个从来没有期待自己能够有健康与正常生活的病人，第一次如此开怀地笑着。

水姨现在定期回我的门诊拿药与诊视。她告诉我："我越来越好了！"看着她红润的脸庞，我想着，幸好，我们当初接纳了她对死亡的渴求，陪她一起进了深渊，也才能有陪她上岸的一天。

最后一里路的

安 心 锦 囊

————————

病人有自杀的念头,是因为有精神疾病吗?例如忧郁症?我该如何帮助有自杀念头的家人呢?

确实合并有精神疾病而有自杀意念或企图的病人,通常需要精神科治疗团队的帮助,必要时,可能得住院,疗养一段时日。但是大多数的末期病人具有自杀的念头,常常不是因为忧郁,而是因为无望感。

在安宁照护中,评估病人是否有"失志症候群",这是二十一世纪才开始受到重视的问题。"失志症候群"是指一个人因受苦于身体或精神疾病而产生的一组症状群,主要为心理或灵性上的问题,介入则以心理、灵性角度切入为主。

病人会产生无助感、被困住感,他们专注于个人的失败、缺乏有价值的未来,失去生活的意义与目标,也失去希望,适应动机下降,并且表现出社会疏离、孤立、缺乏支持感。若是这现象持续超过两周,就有可能是失志症候群的表现，但是一般人常误解为忧郁症发作，而要求其服用药物，病人也因此更难得到心理、灵性上的支持。

病人有自杀的意图，一定要让医疗人员知晓。医疗人员会协助相关资源的介入，以及照护环境的要点指导。

万一病人在防范下，仍旧进行自杀行为，此时，身边的家人通常会产生高度的内疚感，因此也必须要实时地介入，以免家人成为第二个受害者。

能不能，多呼吸一刻？

"我怕回家有状况的时候，太太会不知所措……"

这男人，为何每次开口都要如此催泪！

在这个时刻，他念兹在兹的还是他的太太。

"放这个急救时使用的鼻气管内管这么痛苦，是什么原因，让你觉得可以再放一次？"

"太太"，他在手写板上写下这两个字。

我的心被深深撼动，鼻头一阵酸楚，硬是把眼角的泪珠眨掉，也就在此刻，王大哥与太太的泪水已经同时夺眶而出。

我快步离开病房。护理同人拍拍我的肩，我试图平复澎湃不已的心情。

医师陪着病人与家属哭

从事临终照护工作的前辈曾告诉我，如果你工作得够久，陪伴病人够用心，你一定会陪着病人与家属哭，而这完全不用觉得难为情，也不需回避。

其实，我刚刚完全没有要回避这样一个哭泣的场合，因为这样的泪水是被满盛的爱所支撑着的。这对夫妻交融的情感，引领着他们在即将面临死生永别的恐惧之前，能够如此坦然契阔。我离开病房的原因是，王太太步伐往病房外的挪移。

我面临着一个安宁照护的挑战。

在安宁的照顾理念中，一旦某项治疗属于无意义的维生治疗，尤其显然是延长濒死过程的治疗，是不会被施予的。

已经被施予的，也会在病人和家属的自主决定下予以撤除，但，此刻我却和病情已经走到最末尾的王大哥讨论，当现在这个鼻气管内管到期，需要更换，或是提早阻塞的时候，他是否还要更换一次。

鼻气管内管在此时，绝对是一个拖延王大哥濒死过程的维生医疗，但是因为病情，他不像其他的病人即使撤除维生医疗，可能仍会有一点时间和家人道别，慢慢平静地离开。若他一息尚存，那么，便是这一个人工的呼吸通道，让氧气可以被送入他的肺部。如果没有了这个呼吸通道，王大哥会立刻与我们天人永隔。

王太太侃侃述说着与王大哥一同决定转进安宁病房的心境。一边向我致歉，同时表达感谢。

　　致歉是因为知道我正因为他们先前决定接受急救，而陷入前述的决策困境。感谢的是，安宁病房愿意接纳仍选择急救与维生医疗的病人入住[1]，让他们可以同时拥有陪伴病人的良好环境，以及高质量的身心灵照护。

为爱而慨然付出的牺牲

　　王太太告诉我，虽然他们之间彼此扶持着，走过这抗癌的关关荆棘，每一个决定，每一个好消息与坏消息，他们都一同聆受、一同讨论、一同安排，但如此感性的对话，还是酸得让她难以于当下再承接来自先生的爱。因为刚刚讨论的，是一种为爱而慨然付出的牺牲。

1　要接受由健保所给付的安宁病房照顾，必须签署"不施行心肺复苏术"的意愿书或同意书，基于照顾理念和给付费用的限制，使用抗癌药物、呼吸器、无效的维生医疗的病人是无法入住的，甚至在某些安宁病房，包含对生命末期质量无益的血液透析、重度感染的高阶抗生素，都是无法使用的。而在我所工作的医院，参酌其他国家对于安宁照顾较为开放而全面的态度，以及医院的支持，在必要的状况下，使用呼吸器等维生医疗的病人，或是仍在限时尝试治疗的病人，会在适度的共识下，被接来安宁病房，一方面进行维生医疗，一方面给予良好的症状控制、社会支持，以及心理灵性照护。但前提自然是符合末期的病况，以及进行维生医疗的目的，是为了身心灵某个价值上的衡量，而非无所不用其极地为了延命。——作者

王大哥经历过一段辛苦的治疗，但癌细胞复发与转移的速度，快得让人招架不住。当最后一次放射线治疗结束没多久后，就出现再次复发，也连带让他失去咽食功能。那一刻，他沮丧得想要放弃一切。

　　但在那之前，他在治疗的团队中是个非常贴心的病人。每年的重要节日，除了一定有给予太太的纪念礼物，治疗师往往也都能获得小小的惊喜。

　　我们会得知这个小秘密，也是因为在例行的团队会议中，物理治疗师与我们的分享。物理治疗师谈起王大哥时的神情，就像王大哥一样，总是暖暖的、温煦的、浅笑的。严峻的治疗，让王大哥瘦了好几十公斤，虽然已无任何治愈的希望，他再三考虑，最终决定为了太太而至数十公里外的分院，寻找在肿瘤科中名冠全台湾的翘楚专家，又做了两次化学治疗。

　　然而，这最后的折腾下来，王大哥已经再无任何奋战的本钱。身体的症状很苦，人也相当疲惫了。

无麻醉、惊骇的急救

　　在家中一次突发喘气不能，他被紧急送往急诊室。诊断是肿瘤完全压迫呼吸道，病人眼看着就要发绀窒息而死。

气管内管无法置入，紧急气切手术也无法执行，因为环甲软骨下已经充满癌细胞，一刀划下，就将面临大量出血致死的并发症。

急诊医师在那最后关头的几分钟内，将鼻气管内管从他右边的鼻孔，硬是塞入，所幸成功了。

"没有任何麻醉，我差点杀了那位急诊医师。"

虽是略带笑意地写下这段话，但以病人客气、谦和的个性，可以想象那一刻是如何生不如死，应该有类于在砧板上手无寸铁并承受着被屠宰般的痛苦吧，那是多么的无助啊。

而且当时的状况，他会被送入急救区，一道铁门重重地阻隔了他与太太。急救不成，与太太再次相见的，就会是已无生命气息的他。急救若成，这整个分秒必争，甚至无法使用麻醉剂的惊险过程，他也只能惊骇地一个人承受着。而对于自己的病况历程甚为清楚的他，当下更有过无数的思量。究竟，为这个病付出了自己所能支撑的一切，这最后的一步，还有必要吗？

他放不下对妻子、孩子的爱

然而，其他的病人或许对某个治疗还有摆荡的机会，那一刻的他，却是容不得有这样的犹豫了。而我也想起，当时面对着他的急诊医师，一定有着比我现在更为巨大的挣扎，如此一想，便对我现在承受着后端的决策压力一点也不以为意了。

不用他说，任何医疗照护人员都可以想象那是多么惨绝人寰的一刻，无论是对他，还是对家人而言。所以，当病人被转送至病房后，主责医师立即会诊安宁照护团队，希望给予病人舒适症状照护，进行善终讨论，并准备予以拔除鼻气管内管。

他决定先转到安宁病房，经过一日治疗与沉淀后，他向我提出想要插着鼻气管内管回家的想法。

因为他知道，一旦拔除内管，他很可能立即再面临呼吸道被完全压迫的情况，随之而来的就是死亡。巨大的苦痛已让他做好面对死亡的准备，但当这个内管给予他几缕维系生命的气流时，也同时牵扯着他放不下的爱，对妻子、对孩子的爱。

而我，反射性地认为此刻的他，不值得再去受那无意义的苦难，因为这对他的病情与生活质量毫无帮助，而且因为内管的使用有其限制，若遭受阻塞，势必要做更换，我们如何下得了手？又要如何去直视他这无比的剧痛？

他却出乎意料地表示想要尝试，也才引发了文首的那段对话。于是,接下来的日子,甚至是各职类专业相聚的团队会议时刻,我们都在想如何让他的鼻气管内管可以撑最久的时间,在尽量不更换的情况下,为他争取更多与家人相处的时间。

物理治疗师告诉我们,当王大哥经历最后一次治疗得知仍然会复发的时候,已经用LINE与家人、好朋友们道别与道谢,甚至被插上鼻气管内管后,他也拍下自己的照片,发送给至亲挚友。除了道爱,也表达相聚再无多时的无奈与歉意。

这是一个多么勇敢的病人,即使在身处败境的时刻,他的爱与精神却毫无损伤,而是更加闪耀,且这是出于他的自愿。

用爱浇灌每个困难的决定

于是照护团队也被爱围绕着。我们和他们共同用爱浇灌着从那之后的每个决定与准备,每个再难的决定,都会变成最适切的决定。

鼻气管内管带着他走到可以暂时出院的阶段。他突然又有些退却,说如果在医院继续住着,甚至于往生,也无所谓。我于是问他:"为何?"

"我怕回家有状况的时候，太太会不知所措……"这男人，为何每次开口都要如此催泪！在这个时刻，他念兹在兹的还是他的太太。

王太太与我几乎同时喊出："如果你什么都不考虑，究竟想不想回家？"

"想，很想。"王大哥也毫无踟蹰地回答我们。

"那就不要再说了。我们一定要赶快回家。"我给他下令，通常我不这样与病人说话的。这当然基于他对我的信任，另一方面，我实在要阻止这个多情的男人在人生最后的阶段继续因为贴心，而让自己与挚爱的妻子抱憾。

回家之前，我思量着，不晓得还有没有机会见到他，但觉得病人已经给了我们太多。他与太太之间自然、简单，却又深深爱慕的情感，谈话直白，却又充满厚实的尊重、体谅，以及他每一个下笔虽轻，却掷地铿锵的回答，实在让人永远不会忘记。

王太太说："好的。我们该为他做这件事了。"

而后来，我没有再见到他，却在电话中，再为他做了一个移除鼻气管内管的决定。那是离这次出院没多久的一个很深的夜，我公差在其他的城市。王大哥的身体已经出现濒死症状，回到了医院，人也逐渐陷入昏迷了。

虽然我们已经巨细靡遗地讨论了每一种可能遇到的状况，王太太还是对于该在哪个时间移除王大哥的鼻气管内管，感到艰难。

不是因为心里没有答案，而是她需要一个同等了解并爱着王大哥，也对医疗的极限可以提供判断的人和她一起，将心里的答案说出来。

她接受我在电话的这头，陪她做这件事，于是，病房打电话给我，让我和王太太聊聊这段出院的日子。我再次向她说明，透过病房观察的现下的病况，核对了我们的所想所愿，决定由值班医师协助，为王大哥移除这一个非凡的鼻气管内管。移除的当下，医师还在清洁面孔上因管路[1]而遗留的分泌物与残胶，王大哥就走了。

而我也一直一直记得，王太太在话筒那头和我对话的最后一刻。她说："好的。我们该为他做这件事了。"

不是为他做"移除鼻气管内管"这件事，而是为他做"为了爱你，我们也将同你为我们牺牲一般地去决定"这件事。这是多么对等而互相尊重的爱，镌印在我们将一直持续提供安宁照护的这条路上。

---

1 管路，文中指各类医用导管。——编者

最后一里路的

安 心 锦 囊

————————

有时，选择是那么难。我要怎样知道，什么才是对的呢？什么时候，才是所谓停损点、放手的时机呢？

决定不可能是迅速做出来的，尤其困难的决定，更是。我们总是需要一点时间消化讯息，甚至是在治疗中，尝试着前进与改变。正因为在医疗上往往没有一个完美的答案，所以在现实中摆荡，是一种再正常不过的情境。

你应该寻求一个有耐心等待与接纳你犹豫，甚至是善变过程的医疗团队，那表示这是一个真正知道"做决定是怎么一回事"的专业团队。

你可以询问这个团队，如果选择接受、不接受目前所讨论的治疗方式，结果会是如何。如果选择接受，有停下来的机会吗？后续可能会面对什么样的情境？如果选择不接受，医疗团队下一步会怎么样照护我们的家人？当这些问题都有了答案，那么，想必选择即便还是很难，我们也会比较笃定，我们为什么做了这一个最后的决定。

做了决定之后，还是必须持续和医疗团队碰面与讨论，因为事先的讨论与真正的病情发展，未必会完全吻合，有任何新进展的线索，都可能会让下一步应该怎么决定更加明朗化。

　　假如你的家人是交给看护照顾的，也请务必常常和你家人的医疗团队碰面，和他们保持着与病人的病情发展同步的认知。

解除医病关系的挣扎

儿子这时却益发坚定，表示："过去我没有保护过爸爸，
现在是我能为他这么做的时刻了。
我不会让他损失掉任何一点机会的。"

"我常开着车，去把在酒瓶堆中烂醉如泥的他拖回
来。"在一个巨型纸工厂中的小客厅，黄伯伯的太太说着。
身边还有五只色泽大小各异的猫，自在地穿梭着。

耳旁传来阵阵狗吠声，我想到刚刚闪躲着这些在纸品
储藏架边的强壮狗儿，还心有余悸。居家访视有时考验着
的，还真不只是医疗照护的能力。

不过，从这初次见面的评估看起来，这个家运作得相
当好。即使黄伯伯在病中，事业依旧在太太的协助下，操持
得有声有色，还能将照顾的精力，持续投注在流浪猫、狗上。

二十年来，无法说出口的愧疚

这是我首次听到以"烂醉如泥"作为一段称赞之辞的

开头。

黄伯伯夫妻皆来自清苦家庭。这个纸工厂是夫妻俩白手起家、辛苦经营的成果。年轻创业初期，又育有四个孩子，黄伯伯拼得比谁都卖力，为了拓展人脉，所有的非工作时间，几乎都在应酬，以求事业能蒸蒸日上。

太太看在眼里，深自明白先生的付出，因此，时常得在深夜，踏过朋友家的满地酒瓶，将壮硕的先生背扛上车，载回家，她也不以为苦。

"烂醉如泥"标志着的是一段特别刻骨铭心的奋斗史。但当时实在经济太拮据，只好将最小的儿子送到中部至亲家抚养，以求唯一的男丁可以更好地长成，从此一别二十年。

但相当令人讶异的是，从我们接触黄伯伯与他的家庭开始，都是小儿子出面，主导着医疗决策方面的讨论。若没有这一席坐下的对话，以及对家系图的勾勒，实在不会发现小儿子截至目前的人生，有超过一大半，都不是在这个家庭中度过的。

二十年来，黄伯伯夫妻对这个小儿子有着无法说出口的愧疚。虽然他在至亲家过着非常好的生活，接受相当优质的教养，但那亲手将孩子交到别人手上的撕裂之苦，仍旧萦绕在夫妻心头。

而小儿子对父母也有相同的情感。他没有被隐瞒收养的事实，但在那个苦涩的年代，他并没有太多机会与父母相聚，也知道父母非常辛苦，才挣得了后来堪称小康的家计，对于自己稍微懂事后，不能协助纾解家中的困境，亦深感无奈。

明明是家中的一分子，却不能参与战役的无力感，相当难受。以至成年后，他回到原生家庭，有一段时间，仍在其他城市间来来回回寻找工作，试着安顿自己的身心。直到这一两年来，才算是真真正正回到了家。

所有的一切，都从这般的情愫中，开始纠结。

安宁照护的难题

黄伯伯刚从一场大病中稍稍稳住，回到了家，但是众多的症状，让他相当难受，家人也非常担心。

这一年来，一直因为肺癌接受化学治疗注射的黄伯伯，在约莫一个月前，发生了一场严重的急性心肌梗死合并心衰竭。虽然经历急救和加护病房的照顾，终于脱离了维生系统，但是因为怀疑是化学治疗的并发症，加上心脏衰竭与其他症状的影响，肿瘤科医师表示已经无法再进行化疗，而心脏又衰竭得太严重，身体功能太差，其余的标靶药物，也不建议服用。

安宁照护团队也因此在病人转出病房较为稳定后，经由肿瘤科医师的会诊，有机会和黄伯伯一家相识。

不能再做肿瘤治疗这件事，让家人感到好失望，但是他们并没有打算让黄伯伯知道。

他们希望黄伯伯可以安心养病，并且仍在心里头抱持着所有的病情都有可能像这次的急性心肌梗死一样，转危为安的希望。这是他们对黄伯伯的守护与爱，但对于我们来说，前头却充满了各种未知的关卡，而我们需要知道，如果，我们真的遇到了难关，黄伯伯希望我们怎么样提供照顾与帮助。

我们急于和黄伯伯展开接下来要如何安排照护和医疗选择的讨论，因为他的症状着实令人忧心。

本身是个长期洗肾的病人，无法治疗的肺部肿瘤逐渐扩大，并且合并越来越多的胸水，再加上这次受到急性伤害的心脏萎靡无力，黄伯伯重大器官的排水功能都严重受损，像是泡在水里的胸腔，喘一口气都难。他只能背倚着墙，挺挺坐着，或是将身体前倾，才稍能获得呼吸的顺畅。

黄伯伯如风中残烛，而他自己不知道。家人虽然感受得到，却未曾对于烛火随时会灭这一事，做出准备。

没有足够的时间，却仍要顺应着病人与其家庭成员心理调适的步调做准备，这是安宁照护中常见的难题之一。

黄伯伯总说："儿子决定就好！"

我们带领着黄伯伯辨识自己身体的状况，透过回想住院的历程，将身体状况的变化和目前的病情概况联结上。

因为家人的坚持，黄伯伯仅知道肺癌的治疗得先暂停，对其他的讯息一无所知。而我们不希望因为太过快速而直接的病情说明，引发家人更多的焦虑，虽然一直以来安宁照顾的经验，是让病人知道病情其实反而会有助于他们的心情稳定，并且能够具体而正确地表达自己所偏好的照顾方式，也能让病人和家人之间的心理灵性联结更为深刻。

于是，我们决定先从这一次因急性心肌梗死而接受心导管治疗的事情开始谈起。

"黄伯伯，你现在心脏的功能比之前退化了，而且最近你的体力好虚弱，我们有点担心，万一同样的血管阻塞状况又发生，假如心导管的治疗风险比这一次还要大，你希望我们再替你安排吗？"

黄伯伯一手抚胸，喘了几口气，说："儿子决定就好！"

"黄伯伯，我们会帮你将这些不舒服的症状缓和下来。

不过现在身体有很多压力，如果洗肾也让你觉得负荷不了的时候，让我们知道，好吗？"

黄伯伯还是抬头看了一下儿子，说："这我也不懂。你们和儿子决定就好。"

"黄伯伯，看起来如果将决定交给儿子做，你会很放心。我们会尽力治疗你，不过，有时会碰到比较侵入性的医疗，甚至像这一次抢救的场景。你有什么想法，想要和我们讨论一下吗？"

黄伯伯说："我儿子说我会越来越好。不过，我的年纪也一把了，身体状况，我多少清楚。我不想要那么辛苦，我儿子知道。这些事，交给他决定就好了。"

我们担心黄伯伯不是很清楚侵入性治疗，甚至不清楚再一次面临生死攸关的场景时，急救与维生医疗对他的影响是什么。要交给儿子决定是无妨，这也是他的心愿之一，但就怕不管是儿子，还是我们，都因为不够了解他对这一切的感受，以及生命的价值观而做错了决定。

一旦做错了决定，那长久的伤害不一定是在病人身上，毕竟在这样的抉择难关，受苦的程度与种类，已经繁复得让人难以称量与比较，而做了决定的那个人，有时要背负的是冗长一生的内疚，我们得预防这样的事发生。

我们将这个忧虑告诉了黄伯伯的儿子，然而出乎意料的是，他迅速地告诉我们："我知道我爸爸要委托我做决定，这就是我的责任。我没有问题，可以承担。"并且儿子要求自己担任爸爸的医疗委任代理人。

所以，我们再次询问了黄伯伯的意见，并经他及其他家人同意，签署了一张"医疗委任代理人"的委任书，委任儿子为黄伯伯未来的医疗，做全权的决定，包括在哪个时机，不要做心肺复苏术的急救，以及遇到任何紧急的病况，配合病况进展的评估，决定各种风险利弊不一的医疗处置是否要继续进行。

儿子坚持爸爸为生命战到最后一刻

一周后，黄伯伯因为心脏衰竭以及肺部肿瘤压迫的症状，回到了医院。前几天，还能够进食与对话，后几天，已经逐步出现了略微谵妄的现象，但还不至于无法沟通。

在接下来的日子，血压逐渐降低。虽然还没有出现临终症状，但是黄伯伯的身体已经逐步举起了白旗。我们知道，这时候，是该停止无效的维生医疗，让黄伯伯舒适地与家人告别了。

面对越来越艰难的身体状况，原本我们预期儿子也会对于是否继续进行维生医疗，例如血液透析等治疗，越来越感到困惑与摆荡，如同其他病人的家属一般。

儿子这时却益发坚定，表示："过去我没有保护过爸爸，现在是我能为他这么做的时刻了。我不会让他损失掉任何一点机会的。"

于是他坚持，除了死亡当下的急救，所有在医疗上对爸爸生理状况能有改善效果的治疗，他都希望继续做。

即使爸爸就在这样的过程中，死在心导管手术的手术台上，或是洗肾室的洗肾机旁边，他都觉得这样才会无憾。他坚信这也是爸爸所想要的，因为爸爸过去一直是个人生的战士。

即使已尽最大的能力缓解，病人仍旧躁动，许多时候显得不适，生命征象也开始略微地出现不稳定的征兆。

在这样的状态下，通常不建议再继续施行维生医疗了，而假如真的再度发生心肌梗死，当然也不可能再推入导管室，进行手术。

我们每天持续和儿子沟通着这些事，但他维护父亲的心仍然坚定，也坚信着他的选择，才是守护唯一的路。

让不能再承受维生医疗的人，在无意义的维生医疗中被带走生命，或是增添病人的痛苦，这是安宁缓和照护医师绝不能犯的错。

看着病人逐步迈入死亡的过程，而我却要让病人承担会在洗肾时猝死的风险。但在法律上，签署了"医疗委任代理人"委任书的儿子，现在就等同于他本人，而非家属。

在这一点上，不管透过多少的说明和同理，社工师和心理师也一并协助，儿子仍旧坚持着，甚至表示，愿意帮我们签更多的同意书。他们绝不会在事后为难医疗团队，但也绝对不会对放手这件事有任何的让步。

一封医师的道歉信

"爸爸需要我。"

爸爸需要我，抑或我需要爸爸。无论答案是什么，我们都霎时明白，儿子要捍卫与修补的，不是此刻的爸爸，而是过去二十年几乎未出现在他生命中的爸爸，那个他认为因为缺少自己这个宝贝儿子而不完整的爸爸。

于是，我也踏上了两难的道德悬崖。

坚守病人的最佳利益，即使有法律上认同为本人的代理人，仍旧试图剥除他的权限，还是选择专业与道德稍微退守，让会带着感觉走完一辈子的儿子，不要留下憾恨？

我打下一封信，来回踟蹰、琢磨了好几个小时，仿佛在写诀别信一样。屏幕上的删除线来来回回。那是一封我无法再担任他父亲的主治医师的道歉信。

信写完了，但我没有给出。就算我找到了更适合处理这个难题的医师，我恐怕也会因为就这样放下这个家庭而后悔。

而病人体贴，在我面对这样的痛苦没有太久，他便在两次洗肾之间，以非常快且看来舒适的步调，产生了心跳、血压下降的临终征兆，接着与世长辞了。

儿子向我们道谢。我看着他，百感交集，思忖着，那些信上的话，对他说，还是不说呢？

或许，就我一个人背着吧。让他拥有了结二十余年挣扎的云淡风轻，继续勇敢而无憾地去追寻他的人生吧！

最后一里路的

安 心 锦 囊

————

什么是"医疗委任代理人"？他可以为我做什么呢？

"医疗委任代理人"是在病人意识不清，或失去自我决定能力时，视同本人为病人表达意愿之人。在台湾，仅"安宁缓和医疗条例"和"病人自主权利法"有对于"医疗委任代理人"的相关规定。

"安宁缓和医疗条例"规定"医疗委任代理人"可以代理病人，表达不接受心肺复苏术与接受安宁缓和医疗照护的意愿，而"病人自主权利法"规定"医疗委任代理人"可以代理本人听取病情、签署手术或侵入性治疗的同意书，并代为确认本人曾经在预立医疗决定书上所表达的意愿。

若是本人有委任的"医疗委任代理人"，也请务必将这件事情告知家人。因为在中华文化中，家属一定会参与病人医疗事务的决定。在病人没有明示反对的状况下，医疗团队也会让家属参与病人医疗决定的讨论。

这时，若是"医疗委任代理人"不受家人的认同，那么，彼此之间所产生的意见冲突，常常会让医疗决定卡住。"医疗委任代理人"预计要帮病人表达的意愿，也常受到阻挠。

还有，在委任"医疗委任代理人"的时候，也必须很慎重，不是对方有意愿，或是跟自己交情很好就可以，而必须确认，他是深刻了解自己的医疗想法，并且能够精确替自己表达的人。

放手不是是非题

国峰并没有如我们预设的场景之一，
在移除呼吸器后离开，我想他舍不得妈妈。

没有经历过困难决定的人，不应该残忍地去批判他人的选择，这是我在一次次死亡历程的幽谷伴行中，用病人、家属，以及我自己一洼洼的泪水映照出来的谦卑体悟。

有关于生命的抉择，不是只有"放手"与"不放手"那么简单。我是一个不忍看见苦楚而和别人谈"放手"的医师，到现在，我还是一个不忍看见病人苦楚的医师，但我觉得和病家一起经历"放手前"的痛与恸，远比看到"放手"的结局更珍贵。那一段"难以放手"的摆荡挣扎，闪耀着生命中最动人的牵肠挂肚。

我们的心，俱皆纠结

伤痛的母亲，叫作"爱"。

呼吸加护病房传来一则会诊。三十岁的国峰，车祸后严重脑出血昏迷，三次呼吸器脱离训练都失败，母亲与姊姊要求撤除呼吸器。

若非紧闭的双眼与嘴里的气管内管，这个健硕的男子，真的不像大家脑海中会浮现的"末期病人"的模样。

安宁照护团队与母亲、姊姊开了一场家庭会议。我们的心，随着家庭状况的抽丝剥茧，俱皆纠结。

严重脊椎退化以及肾脏功能节节衰退的母亲，面临着日以继夜如遭啃食的神经痛，以及随时可能要面临洗肾抉择的恐惧，她宿在一铁皮小屋中，仅靠捡拾回收物的零头小钱，延挨度日。

二十多年前，国峰的母亲即与好赌的父亲离异，父亲逃躲债主到中部后失去联系，却留下一笔债务，让国峰母子偿还。

姊姊以保姆为职，只要有余裕的金钱与时间，全拿来照料自己的母亲与弟弟。言谈中，姊姊虽未提及其夫婿，但仍可感觉已成家的她，是如何感念她所遇上的对象，支持着她对原生家庭的情感牵连。

国峰平常是个做粗工的工人。在上工前，他还在一个私人屠宰场多兼一份工作，但横事无常，并不会因为一个人行善或是努力就有避祸的特权。

某个要去屠宰场上工的清晨，一辆卡车将国峰撞飞。事后，肇事者态度相当不友善，仅到医院探视过一次国峰，之后皆由保险公司出面处理，而屠宰场老板更是从未现身，甚至，国峰的姊姊这时才知道，老板并未尽到为员工投保的责任。

在这风霜之际，国峰私人保险的理赔，因为父亲赌债尚未偿还完毕，只要是汇入国峰账户的保险金，就会立即转还赌债，根本无法成为这场困境中的及时雨。

"对不起，弟弟好年轻，我们一开始也好难接受，他就要这样离开我们了。可是如果他留下来，他的日子一定比走了更苦，我们无法负荷优质的护理之家，接下来，他会有压疮，四肢会挛缩，脖子切一个洞，只能靠呼吸器过完余生，而妈妈也禁不起任何的操劳了。"

我的心万般翻搅。该说对不起的，绝不是她们——此刻承担这般艰难的决定，却又担心被医疗团队视为冷血的家属。

白发的母亲，老泪纵横

家庭会议开了三次，白发的母亲每次都出现，次次老泪纵横。

最后，经由安宁照护的医师、神经外科的医师、呼吸加护病房的医师，审慎判定国峰的脑部重度受损，即使数个月后，有微乎其微的机会，可以脱离呼吸器，也不可能有好转的意识状态。

于是他被接来了安宁病房。在灯光柔和的独立房间里，仅有几位家人相伴，我为他移除了气管内管，关掉了呼吸器。

国峰并没有如我们预设的场景之一，在移除呼吸器后离开，我想他舍不得妈妈。

他后来去了护理之家。坚强的生命力搏动着，长达一年多的时间，他都由护理之家的照护人员，偶尔是姊姊，带着回我的门诊。

虽然最后还是担下了长期照护的重担，但姊姊每次回门诊，都感谢安宁照护团队、神经外科团队以及呼吸加护团队，陪着他们，在一次次的家庭会议中死透又重生，流尽眼泪，推演过无数次各种可能的结局。现在上苍为国峰选择了留下，他们不会对任何一个决定后悔。

每一次，我都会握握国峰的手，和他说说话。我希望，从住院后开始堆栈的每一点温暖，可以洗掉他脑里的记忆，洗掉他脑回里在车祸前最后一刻清醒的感觉：惊疑、痛楚、恐惧，以及没有出口的孤独。

弗洛伊德在一封信里曾写道："我们终将找到一个地方安置失落，我们知道失落后的强烈哀悼，终将沉息，但是也知道这种痛苦是无可安慰，也无可替代的。不管如何填补这裂口，就算能完满地填补，它也不是原来的样子了。"当悲伤进入我们的生命，那么我们便如同接纳一道疤般带着它前行，而不是一再地想要把它剜离我们的生命，以至一次又一次的鲜血淋漓，也不用去设定应该振作的时间，只需要相信自己终有一天，可以从悲伤中看见重新定位与联结的意义。

我只希望他不要痛苦

两年后，我又收到一则会诊的传呼简讯。距离我上次收到国峰的消息已有半年，半年前，他因为病况非常稳定，所以转给护理之家自行分配的居家照护团队接手，但会诊上他的姓名，依旧毫不陌生。

一向被安排住在健保给付病房的国峰，静静地躺着，但明显消瘦的他，让我还是感到惊讶。

妈妈稍微伛偻的身躯，穿梭在其他床的病友家属间，一回头看到我，声若洪钟地向我打招呼，简要地向其他的家属，叙述我们在呼吸加护病房相识的过程，笑容满溢。

语毕，我们一同趋近国峰的床边，我握握国峰的手，抬头看向妈妈："异常的消瘦，可能代表着身体的重大问题，而他现在也因此受到了败血症的干扰，能挺过去的机会不高，除非全面紧迫式地进行检查和治疗，包括异常消瘦的原因。但是，我们的国峰能从这样的过程得到什么呢？妈妈您希望我们在初次见面的两年后怎么样陪伴国峰呢？"

国峰的妈妈爱怜地看着儿子，祝福大于哀伤地对我说："移除呼吸器的那一天开始，我就只希望他不要痛苦。不管他是在当天就离开我，还是两年后的今天才要离开我，我都会记得，我们和他一起奋斗的，以及奋斗之后决定接受与共度的一切。谢医师，我们想要去安宁病房，我们知道国峰也会想要去那里。"

两周后，国峰在满满的祝福下，走完了他的人生。

这一回的照护，没有人落下眼泪，只有感恩，国峰曾经带领我们走过的一切：决定放手的心如刀割与挣扎犹豫，放手之后重获新生的讶异喜悦，以及慢性照护过程中甜蜜的负荷，到真正的终点来临时，满溢着毫无愧疚与遗憾的坦适。

让我们把"放手"这件事，谈得更柔软一些吧，别把它当作会谈的目的，就算这是个善意，驱策着尚未准备好的家庭签下那张同意书，伤痛不会因为表象上的善终而释怀。

这条困难的路，即便清楚地知道终点、该往哪儿走，仍旧需要亲自弯下腰，斩除那荆棘，甚至偶尔被扎中，鲜血淋漓，但彼此会从克服困难的过程中获致勇气。

"放手才是慈悲"这句话，即使再真切不过，对即将丧亲者来说，仍旧是一种残酷的理性。让我们再纵容悲伤一点点，当陪伴的过程触发了爱的能量，跨越了悲哀、愤怒、愧疚、焦虑、孤独、疲倦、无助、惊吓、渴念与麻木，我们将会发现，"放手"便是一种再自然不过的结局。

放手不是一个断点，它是接纳哀伤的安息之地，也是继起生命的孕育之处。

最后一里路的
安 心 锦 囊
————

当我们或家人因为疾病或意外，必须使用"维生医疗"时，通常代表的是身体目前必须靠着如呼吸器、血液透析（俗称洗肾）、叶克膜等才能维持生命迹象。但假如身体无法如预期恢复，又不希望长期依靠维生医疗而增添痛苦时，该怎么办呢？

请医师帮忙安排"缓和医疗家庭咨询会议"，由医疗团队评估病人的状况是否符合"安宁缓和医疗条例"规范的末期病人，并且和家人讨论，是否希望采取缓和舒适照护。假如符合撤除维生医疗的条件，可进一步会诊安宁缓和团队，进行协助。

根据二〇一九年一月六日实施的"病人自主权利法"，假如在罹患疾病末期、不可逆转的昏迷、永久植物人、极重度失智、其他经公告的重症之前曾经签署过预立医疗决定，也可以代自己表达拒绝维生医疗的意愿。

无论是否进行撤除维生医疗，好好地讨论是最重要的。因为撤除的目的是为了减少痛苦，撤除的过程，也希望所有的家人安心。撤除后，如果像故事中的国峰一样，仍然能够自己维持生命迹象，医疗团队还是会持续提供高质量的安宁照护。

被迫放弃

决定到安宁病房来，不继续洗肾，
是不是个错误的决定？是自己把妈妈害死的？

对我来说，夜里的那一通电话有着巨大的拉力，我因此而被扯入一个旋涡。在那里，有个人的生命往终点迅速流逝着，却不是因为疾病的关系，也不是因为自己的意愿。

电话那头的心脏外科医师告诉我，他们已经无计可施了。安宁团队是否能看看她？

令人倒抽一口气的要求

初奶奶刚从加护病房转出将近一个礼拜，虽然卧床，但是气色红润，讲话客气、爽朗，也不时带着笑容。

经过一番寒暄后，我向她表明来意，提到因为医师们现在找不到可以继续为她洗肾的方法，她的身体功能会因此逐步下坡，然后衰竭。我们想知道她对这件事的感受。

在如今这个艰难的时刻,是否还有什么是可以做的。

初奶奶静默了几秒,用爱怜的眼神看了一下在陪护床上一直看着她与我对话的女儿,依旧中气十足地问我:"医生,美国有安乐死,对不对?就是医生打一针,然后一切就结束了。你觉得,反正我现在也没有希望了,可不可以这么做?"

初奶奶直探死亡,还伴随着大多数人乍听之下会倒抽一口气的要求。

依我的观察,医院里的同人常会反射性地回复病人:"这是杀人,不合法的。我们不可以做。"

然而,其实绝大多数说出这句话的病人,并不是不知道我们无法执行安乐死,也不需要有人告诉他们这是错的,甚至他们的重点根本就不是安乐死,而是"如何快速地解除目前痛苦的状态"。

换言之,他们是在问"我的出路在哪里"。如果有扇窗、有道门,能带他们脱离如今的绝望,那么我认为,积极主动地寻死,并不是大多数人最想要的选择。

"奶奶,你为什么会这样问我呢?"

要了解病人,就得让她多说说故事,所以我没有打算用一个彼此心知肚明的答案回答她,而是用问题,打开更多理解她的机会之门。

"心脏外科医师告诉我，我身上没有血管可以洗肾了。如果不能洗肾，时间可能就只剩下一两个礼拜，可是我担心会更久耶。你知道，我这次发生事情，一来一往，都在医院住了三个月了。再这样下去，我女儿身体会倒的。她还有家庭，我不能拖累她。还有喔，我洗肾洗了五年了。我知道不洗肾会出现什么症状，我会很肿、很喘、很乱，这样太没有尊严了。我不想要这样子走。"

初奶奶对自己的病况相当了解，自己也做好了一切的决定。

于是，我问她，如果就要离开了，她希望在家，还是在医院。

这个问题，初奶奶犹豫了比较久，显然比"一针打下去，结束生命"有更多的挣扎和考虑，或者说，有更多选择的机会，不像她的病情和身体，那是一步别人下好、她没能反抗的棋。

"其实，我是想要回家啦。不过，我现在的症状会越来越多，还是在医院好了。我又没生儿子，就两个女儿。我走了，没关系，害她们家庭出问题，就麻烦了。医生，你让我赶快走，好不好？"

我拍了拍初奶奶的肩，告诉她，今天她所说的每一句话，我都听到了，也都放在心上。

我会再和心脏外科医师讨论，如果有机会让她回到原有的生活状态，我们不会放弃。如果真的没有机会了，我会确保她所得到的支持和生活质量，会最类似她说的"干脆点，不要拖累"。

如青天霹雳的打击

心脏外科医师告诉我，初奶奶的症状实在太奇怪。

顺利地洗肾了五年，今年开始出现洗肾管路阻塞的状况。前两次，回到医院来处理后都可以通畅，想不到这一次无法再通。换了颈部另外一边的大血管，也是立刻出现阻塞，于是只好将管路放到左脚的大血管。

谁知她的血管解剖结构异于一般人，因此应该放置在静脉中的管路，戳进了大动脉，导致大量出血休克。在加护病房紧急救治，并且经由血管外科医师手术修补后，才从鬼门关回来。但是出血后的血肿处，即使已经经过手术清理，仍旧出现了感染与败血症的状况，又经历了一番风雨，才恢复到我现在所见的状态。

初奶奶最后可以洗肾的血管，仅剩右脚的大血管。殊不知，从鬼门关拉回来之后放置在右脚的洗肾管路，竟也阻塞了。而且不只是洗肾的管路全数阻塞，面临无法再洗肾的窘境，连一般的小血管都无法成功打上针，或是维持，因此控制感染的抗生素、血，以及其他的点滴根本无法输注给她。

若是奋力一战之后才投降，或许无奈，还不至于不甘愿，但初奶奶根本还没有和疾病拼搏过，就被宣判只能等死。这样如青天霹雳的打击，我真的很难想象初奶奶是怎样熬过去的，才能有我和她甫见面时的爽朗。

唯一的洗肾方式是透过肝脏血管置入管路，但是风险之高，让负责做该手术的医师、初奶奶，以及女儿通通打了退堂鼓。

至此，进入一种只能等待的状态。什么事都做不了的无助。还要面临一场必然会到来，但不知何时会到的死亡。这度日如年的时光，不知对初奶奶来说是否难度过。倘若真是那么艰难，那么，安宁照顾团队或许可以陪伴着她在幽谷中同行。

女儿对安宁照护的质疑

初奶奶和女儿同意到安宁病房接受照顾，但一切并不如同我们想象的顺利。接受疾病给予身体的宣判，对于病人，或是对于提供照顾者，并没有那么难。但是疾病与身体稳定，却因为没有血管可以洗肾这件事情，导致被迫进行死亡前的照顾，仿佛是被谁用刀给压住了脖子。那股大气不敢喘一下的惊疑，扎扎实实地击落在安宁病房照顾初奶奶的每个人身上。

一股无形的力量一直将初奶奶往死亡的深渊拉。从做完决定，进到安宁病房，不必再猜测医师会带来好消息还是坏消息的那一刻开始，那股力量对初奶奶来讲，才忽然变得真实。

她开始显得焦虑，频频问着我们："为什么会是我？我没有做坏事呀？之前都洗得好好的啊？"

禁受不了妈妈日夜叩问的女儿，开始对外求援，并且对于自己帮助妈妈做出转来安宁病房的决定，感觉可能是错的。她咨询了好几位身为其他医院医疗人员的朋友，这些人都告诉她："来我们医院吧，在我们医院，不可能不能洗。我们会解决的。你不要继续待在原地，把命白白丢了。"

女儿开始在查房的时候，把我拉到门外，焦虑尤甚于母亲。除了征询我对这些第三方意见的想法，开始出现对过去那一段治疗过程的抱怨，巨细靡遗地，同时描述中也展现了她在每一个不如预期片段中的愤怒。

她会在早上，妈妈显得较为虚弱的时候，质疑安宁为何无法让一个如此受苦的病人安然睡去；也会在下午，一再询问，什么样的血压，代表她可以将妈妈转诊到中、北部去，有很多医师等着要医治妈妈。

风暴的循环

这样的反复，是很正常的。因为没有一种可以完全安心的理想选择，所以在两种都有部分符合自我价值的方式之间摆摆荡荡。

当偏向哪边多了一些，就出现天平那端的答案与要求。但是对于这样子的摆荡，病房是疲于奔命的，包括每一次冗长的前后解说。

眼看着我们尽心做着死亡前的安宁照顾，然而，初奶奶和女儿却看起来越来越不平安，只要初奶奶停止洗肾之后出现些微的肌肉震颤，或是短暂的迷惘谵妄，女儿便会跳起来，急急地将母亲从头检视到脚，并且问着："妈妈还有多久？"

而这条硬拉着病人去面对现况的线，一直没有想要放松力道，狠狠拽着初奶奶，让她撤除洗肾后的临终过程，比其他人经历的冗长。

一日一日流逝的体力，初奶奶陷入了最不想要的情境，女儿更是反复思量，初奶奶是否还有存活的机会，才能自己撑那么久。决定到安宁病房来,不继续洗肾,是不是个错误的决定?是自己把妈妈害死的?

这样的压力,不只对内,也开始对外,甚至成了一个风暴的循环。

某天,我再度接到了血管外科医师的电话,询问我,病人是不是反悔住安宁病房了,因为他的长官拨电话给他,质疑他是否没有将病人照顾好,所以病人才得转来安宁病房,又是否我们没有为病人做足够的会诊,才会像现在这样无计可施。

原来,这是因为女儿一直不停地咨询,让外院的医师一再地提到可以转来接手看看的建议。

这对一位前三个月尽心尽力抢救初奶奶的医师来讲,实在太不公平了。他愤愤地打电话问我,是不是现在又出了什么状况,或起了什么冲突,战火才会回到他身上去。

我和他说,没有新的状况,但旧的状况持续得太久,让初奶奶和女儿有机会去质疑,自己是否选择错了。

向安宁病房的心理师求助

不同科别,甚至是不同医院医师的意见分歧与压力,一直没有被放弃的转诊需求,对护理师的临床现场生命征象评估准确度造成了压力，女儿担心错失转诊良机。初妈妈身体经历漫长的衰竭，却依然有着清明的头脑，最不愿意卧床成为拖累的事情，还是不可避免地发生了。

我们既要在院内外的专业意见中，找到共识，且让病人和女儿在这个共识中无憾，也要在非常冗长的濒死过程中，尽可能减少病人的不适，并且承接因为担心而对决定感到懊悔的心绪与脾气。

还有最重要的，一个还不应该因为疾病末期而死亡的病人，在现有的医疗科技下，被迫提早舍弃和她一般的病人该有的生活，甚至被迫在人生中提早下车，是如何啃噬着每一个陪伴者与照顾者的心灵。那是他们说不出的怆痛啊，只能在暗夜中互怜。

初奶奶终究离开了，女儿最终感谢我们。即使过程冗长，还是有足够的爱与坚持，陪伴初奶奶度过那艰辛的每一刻。

但病房成员间却没有因此脱离对自我的质疑，反复问着自己与身边的人："我是不是应该在第一时间答应，让她转院？""我们是不是应该让她去放肝脏血管的管路？""我们如果当时放左脚大血管的时候，用上超音波辅助就好了。"太多的"早知道"，已经淹没了自我，并延伸至周遭的同伴，使得每个人都无法呼吸、沉沦深海。

我们向之前曾在安宁病房协助的心理师求助，除了因为她的专业，更因为她不参与在这次事件中，会比我们更清明、更温柔，也更有力量。

她回来带了个游戏与活动，她说着很长很长的故事。我们在当中扮演各种角色，叙说着为什么，在情节中生气、哀伤与快乐。最后，看见我们对彼此的爱，从一片皑皑的灰尘中，露出脸来。

安宁照护总是不乏这么难的路、这么刺人的故事、这么挑战的心绪，然而不逃避地走过，并且愿意相聚在一块儿疗伤，然后迎向下一段故事，我觉得是这世间最美的勇气之一。

最后一里路的

安心锦囊

————

我的家人明明不是末期病人，却有安宁照护的医疗人员来找我们，是不是代表家人已经被宣判没救了？

世界卫生组织定义缓和医疗是协助病人与家属面对威

胁生命的疾病,增进其生活质量,并早期识别、精准评估与治疗疼痛,以及讨论其他生理、心理、灵性议题,以期预防并缓解病人与家属的受苦过程。所以并不是末期病人才需要接受安宁照护。

大家会有这样的想法,除了确实是越迫近死亡的病人,对缓和医疗的需求通常越大,也因为台湾在安宁照护的健保给付上,将之限缩在"癌症末期、渐冻人、脑心肝肺肾等重大器官末期衰竭"等疾病上,所以造成一般民众似是而非的错误认知。

因此,倘若不是末期病人,安宁缓和团队的介入,往往是为了协助生理、心理、灵性症状的缓解,并且协助提升生活质量,以及进行未来医疗计划的讨论。

疾病变化的历程相当多元。有时,即使不是末期病人,也都可能因为病情的改变或是治疗的风险,有快速进展到死亡的可能性。已经在研究中证实,缓和医疗越早介入,不但能够延长病人的存活期,而且也能同时提升病人这段存活期的生活质量。

所以,下一次见到安宁缓和照护团队的医疗人员,请用正向的心态面对他们,因为你的家人可以得到更好、更全面的照顾。

爱，从来都不是一个人的事

我的住院医师很难过。"不是说过不要放鼻胃管的吗？
什么并发症都出现了！"
我静静地坐在她的身边，
体会着多年前我也有过的懊恼和自责。

有的时候，我会为了该怎么为病人发声迷惘，或是为了这件事的进退拿捏而感到痛苦。

我在安宁病房见到丁先生的时候，便知道他时日无多了，但是他与他的家人都不知道。正确来说，他们也不是不知道，而是家人处于否认状态，丁先生也处于配合否认的状态。

所以，虽然私下里丁太太与两个女儿都说丁先生的后事已有准备，只希望他能存着斗志，多活一阵子，但因为丁先生的老妈妈还不知道儿子病重得快要走了，所以我们还是感到棘手。

这是一颗有着太多导线需要拆解的炸弹，但我没有时间，时间常是安宁照护者最大的挑战。

我们知道如何辨识身心灵的问题并提供解法，也秉持着依循病人与其家庭最适度步调的原则，但当他们的步调缓慢，病人的终点却迫在眉睫，身心灵议题又庞杂时，要我们不心急是很难的，要我们不对这个家庭吹响催促的号角更是不易。我们要准备达到的目标不光是善终，更是"无憾"。

厘清病人和家属对吗啡的误解

病人非常清醒，但是恶病质非常严重，瘦骨嶙峋，并且背负着非常剧烈，剧烈到连吐一个字都困难的疼痛。

在这种大概浑身仿如被车子碾压而过的日子里，他居然一颗止痛药都没有服用过。我不意外，但还是倒抽了一口气。

有时，我真的很纳闷。对于吗啡的恐惧，真的能胜过看着挚爱家人痛到连气都不敢用力喘，浑身疼得瑟缩冒汗，长达数月，一夜都不得好眠的揪心吗？

更何况，我们不但会主动去厘清病人和家属对吗啡的误解，也提供二十四小时的咨询，还会对各种使用吗啡后的情境做说明与演练。

"吗啡没有效，而且一打，他就昏睡。"

丁太太说的是一剂三毫克的吗啡，很久很久之前使用的经验。当时没有人给予合适的说明，她就从此一路恨吗啡至今，也让我在一开口时便碰了钉子。

半个小时过去，我终于把疼痛控制的原理与重要性、吗啡（可怜总是被污名化的药）为何在全世界被作为末期疼痛控制的标准用药、如何进行评估并解除副作用等讲清，也让他们点头，愿意尝试进行疼痛治疗。

当病人家属坚持放鼻胃管

正想歇歇，一个更大的战帖从天而下。

虽然已经被居家护理师预告过，但这第二阶段的会谈还没展开，我已感觉无力。

丁太太想为丁先生放鼻胃管。

丁先生曾经私底下向居家护理师表示过，放鼻胃管在他仅存的生命中是很痛苦而且无益的，他完全不想接受，但是如果太太一定要他放了后进行灌食才会安心，他会点头答应。

我知道了病人的心意，也知道了鼻胃管在末期生命的百害而无一益，哪有不捍卫的道理。

但现在的情境非常尴尬。看起来反对放鼻胃管的，只有安宁照护人员，因为在太太面前的丁先生是为了爱而臣服的。他既希望我们代言与坚持，也不愿拂逆太太的爱，不忍扛下太太的哀伤。

逐步失去吞咽功能，进入轻微脱水状态，其实是人生终末之时，身体为了保护自己少受苦而启动的机制。减少摄食，不但可以减轻器官衰竭之时的水分（如肢体水肿、腹水、胸水、痰液、喉头分泌物）蓄积，也减少肠胃道的负荷，使得呕吐或是排泄量降低。而强行置入鼻胃管灌食，或是输注大量的点滴，不只破坏了这个自然的平衡，甚至会因为灌进去的食物成为身体负担，引发肠胃道出血，有些人更会在临终躁动的状况下，无意识地拔除这些让他不适的管路而遭到家属或是看护的约束。

"以丁先生的状况，我们假设他的身体还能维持一个月，那么，放了鼻胃管，也无法延长多少的时间，他却可能面临更多痛苦的并发症。"

丁太太把我拉到病房外头，语气仍柔软，但身体姿态、眼神，以及遣词用字，显然对我充满了不谅解。

"我先生从来都没有跟我说过他不想放鼻胃管，他只是不了解鼻胃管的好处。""我们从来没有让我先生知道，他的时间可能只剩一两个月那么短。现在，你竟然让他知道了。""知道时间会让他失去斗志的。他最舍不得我婆婆,这样,他就不能为了她活下去了。"

我向她道歉。但其实我并不真的需要道歉,我只是完全能体会她的心情与焦虑。

我已经花了一小时在他们的病床边,握住丁先生的手超过半小时,讨论照护的时候,眼神没有忽略过丁先生、丁太太或是女儿,并不时停下来询问疼到说不出话来的丁先生,是否曲解了他的原意,是否还希望我们继续,甚至陈述所有选项的语调与遣词,都是尽可能地柔软与宽厚,以他们的感受和需求为出发点,作为每个建议的立场。

我也坦白告诉他们,我为何如此心急。那些没有准备的病人,带着没有达成的心愿、没有说完的话,才是真正走得遗憾与痛苦,而很显然(虽然我们并不轻易吐露病人的预估存活时间),丁先生仅剩一两周的生命了。

丁太太理性上明白我们的出发点以及顾虑,但对自己的想法非常坚持。

她说,吗啡勉强先接受一天,然后她会问到先生点头说要放鼻胃管为止。

爱的证明

丁太太认为这已经是尊重了,而且先生是个自主性非常高的人，不会因为爱她就答应放鼻胃管。若是先生答应了，一定是自己也想要灌营养。

心理师、社工师、医师、护理师、志工[1]，安宁病房团队的每个成员镇日穿梭在丁先生的病房，促进家人共同谈话，并交流感情，找时机偷偷确认病人真正的意思，探询他未完成的心愿，以及他面对死亡的准备程度。

非常可惜，如此努力了一周，当病人的疼痛已经得到较好的控制之时，甚至也让病人最挂念的妈妈来到医院陪伴他之后，益发虚弱的他，某日在太太又要求放鼻胃管之际，向我们说："你们每天问我，要不要放鼻胃管？要不要打止痛药？我已经连自己的答案是什么都不知道了。"

接下来，他清楚地表示同意放鼻胃管，因为他的身体已经没有什么值得坚持的了。

如果，这是他离世之前能为太太做的最后一件事，那么便承受吧！身体的虚弱并不影响末期病人意志的强度，但是当意志缴械的时候，我们为他所共同捍卫的坚持，忽然都变得毫无所依了。

于是，他被放上了鼻胃管。

这时，我相信我的痛苦胜过丁先生与丁太太。因为这

1　志工，志愿工作者。——编者

是一个无效医疗，也可能会让病人承受更多我早有预期，也已告知的并发症。

但病人将这条管子视为爱的证明，主动同意我们置放。

突然失去重力的仿佛是我。我以为我拉住了病人的手，但其实他一直拉住的是太太的手而不是我的。

那条鼻胃管置入之时，太太紧绷的脸庞，第一次和缓下来。反手打开病床旁边的柜子，一盒盒的营养食品与补品被搬上了台面。

灌了两瓶后，病人的肠胃完全无法吸收，通通被引流出来。隔日，果然开始出血，从鼻胃管中淌出浓黑的血液。

我的住院医师很难过。"不是说过不要放鼻胃管的吗？什么并发症都出现了！"

我静静地坐在她的身边，体会着多年前我也有过的懊恼和自责。

现在也不是没有这样的情绪了，只是对自己的心理反应有预期与调适的训练，也懂得某些受苦，有它无可取代的意义——对个人的、对所爱的，那是一道道人生的刻痕。

安宁照护者最深刻的学习，便是如何看着刻痕落在我们所关怀的病人和家属身上，涔涔渗血，却能跨越自己的不忍，而不是转头离去，留下他们独自面对。

很美的礼物

肠胃出血的隔日，病人又把妈妈请来医院。清晨，母子叨絮了好久好久。然后，病人向太太和女儿绽出笑颜，道谢，旋即意识陷入混乱，然后昏睡，不到半天就过世了。

得知病人离开的同时，病房团队的许多人都聚集到弥留室外，想要陪伴有高哀伤风险的丁太太，而让我们讶异的是，她一反这一周多来高涨的情绪，拿着病人的证件，稳妥地办理手续，然后像是感到大石头已经放下一般，主动向我们说："我觉得先生是自己准备好的。你看，他叫妈妈来，他和我说话，今天也洗了澡，然后像他自己说的，在睡梦中离去。这是他自己挑的时间和方式。"

我愕然失笑，这通常是我们引导家属面对病人乍然离去而产生的急切哀伤时，会对他们说的话。

很多时候，病人会挑选时机，比如说选择在家人守候多时，却仅仅离开身边的三五分钟之间，咽下最后一口气。我们会告诉家人（其实我们自己也如此深信），他舍不得让你们看到他离开。

但是今日，这句话从丁太太的口中说出来，我觉得很好，是个很美的礼物。

这一周多以来，团队感受到的挑战、高压、对病人的不舍，以及在病人同意置放鼻胃管后，微妙的愤怒与迷惘，也都在这一句话中释放了。

我们往往不需要在艰难的努力过后，得到家人的道谢，只需要从他们对挚爱的家人离开时所展现的接纳、宽慰与认同中，就可以获得继续在这个领域工作的意义。

最后一里路的

安心锦囊

————————

因为好爱我们的家人，所以很担心他的症状，我们一定要使用吗啡吗？他用了药物以后，好像变得很嗜睡，都不能吃，这样营养更差，病是不是更不会好了？

患有末期疾病的病人，最常见的是受到疼痛与呼吸喘迫的症状影响。严重的话，日常活动都显困难，甚至夜不成眠。

吗啡是处理这些问题最有效的药物，也是唯一能够真正控制症状、带来良好生活质量的药物，更是世界卫生组织和各大医疗临床指引评估病人是否受到良好治疗的指标之一。

在使用吗啡初期，的确有部分的人会感到嗜睡或是恶心、呕吐。通常在几周内，这些副作用会被身体逐渐适应并消失。而在这几周内，只要适当地向治疗的医师反映，配合一些辅助药物，都可以减轻副作用的困扰。

在医师的指示下服用，吗啡是一种极其安全的药物，不像其他的药物，会有用药上限与药物过量的问题。

无论是疼痛或是呼吸喘迫，当有需要时，都必须按时给予吗啡类药物。认为疼痛或喘的时候才服药，是错误的观念，因为没有按时服药，一旦疼痛发作时再用药，有时必须要服用更高的剂量，或是等待更久，症状才会缓解。

末期疾病的病人，几乎都会出现恶病质的现象。身体会开始先行代谢蛋白质，无论是否有补充营养，身体仍会持续消瘦，因此和使用吗啡或是嗜睡、无法进食一点关系也没有。

此时，应注重让病人吃得愉快。倘若补充太多的点滴，反而会让病人仅剩的食欲都被注入的热量或营养取代，更没有进食的欲望，甚至会造成水量过多，肢体会水肿，腹水、胸水累积，造成腹胀腹痛、恶心呕吐、呼吸喘迫等不适症状。

当然，也不需要额外使用补品，因为身体无法吸收，反而造成伤害或负担。

倘若希望在饮食上调整，或是配合传统药方的辅助，可以告诉治疗的医师，让他们协助会诊营养师与中医师来做建议与诊视。

一只河豚所掀起的骇浪

从加护病房挪床上来的陆先生，因为家属的拒绝，无法排除痰液所造成的呼吸窘迫，喘得费力，脸部通红，全身盗汗。对于照护精神是让病人舒适的安宁团队来说，真是如同针扎在心上。

六十多岁的陆先生和一名印度尼西亚籍渔工，同时被送进医院急诊。陆先生已经"死亡"，正在竭力抢救中。唯一可以知道发生了什么事的线索，便是旁边据称一同出海的三名外籍渔工。所幸医院里协助翻译的人员很快到来，也拼凑了些枝微末节。

原来六十二岁的陆先生，是位退休的渔船船长。前些日子，因为好友重病，原定的出航时间已到，却仍未痊愈，陆先生便自告奋勇，代理好友的船长职位，出海捕鱼。

途中，陆先生与船上的四名印度尼西亚籍渔工捕获河豚一只，透过无线电，向其余同行船只表示午餐要料理这只河豚，且自己与渔工以前都料理过河豚，自信绝无问题。

三个小时后，同行渔船向岸上通报，陆先生疑似中风，倒地不起，生命征象微弱。

"海巡署"前往救援时，发现陆先生已无呼吸、心跳，呈死亡状态，立刻施予急救，幸而恢复生命征象，迅速转往医院救治。其余四名渔工，有一人有头晕、恶心情形，也随同就医。另外三名渔工则无任何身体不适情状。

牵涉到生死的决定，需格外谨慎

陆先生入住加护病房后，生命征象虽稳定，但暂时无法脱离呼吸器，且脑部呈现持续癫痫状态，需药物控制。

此时，陆先生的妻女向加护病房医师表示，陆先生曾表达过若抵达生命终点时，希望有尊严地离去，不要再受苦。因此希望立刻透过"安宁缓和医疗条例"的规定，让陆先生接受末期疾病的判定，然后，便可以合法撤除维生医疗，将呼吸器关闭，让陆先生死亡，以成全其心愿。

然而，加护病房医师认为，陆先生发生意外才一周，还在河豚中毒的急性期，仍有恢复的可能性，且虽然预后不佳，但陆先生脑部的癫痫，已逐步获得控制，且开始有自发性呼吸的能力，脱离呼吸器，指日可待。与一般罹患慢性疾病的末期病人状况有所不同，希望不要太匆促做末期判定，予以撤除维生医疗。

加护病房医师亦会诊安宁照护小组，根据脑部受损的特殊状况，认为一至两周的尝试治疗时间是合理的。如治疗成效不彰，且意识恢复可能性低，再来考虑撤除维生医疗，如此的医疗照护过程，较为审慎。

最重要的，更是考虑陆先生过去所提到的善终想象，应是老化或罹患不可治愈慢性病的医疗与照护意愿，并未包含像是这样的意外情形。

虽然陆先生曾经表达的意愿，仍是推测他未来意愿的重要参考，但此时此刻已经无法再次确认陆先生的意愿，因此，除了力求不违背其本人的想法，若仍有对陆先生可能具有意义的治疗，也不应该贸然因为他人之意而擅自骤下终止的决断，尤其这是一个牵涉到生死的决定。

剑拔弩张的气息

陆续由加护病房团队或是安宁缓和团队和陆先生妻女开的家庭会议，讨论结果并不顺利。她们并不赞同医疗团队提供的评估与想法。

不久之后，照护陆先生的医师团队开始接到许多院外从事安宁照护的专家来电。原来，陆先生的家人眼见拔管的结论未果，心里着急，所以透过信件或电话联系他院从事安宁照护的医师，希望施加压力，让加护病房的医师可以立即拔管，让陆先生有尊严地死亡，一天都不要等。

剑拔弩张的气息，不只弥漫在照护陆先生的加护病房内，甚至因为院外专家的介入，院内各团队的医师已无法别无杂念地携手合作，因为，此时除了原本的医疗建议，院外专家也联系了医院内部和他们熟稔的医师，代为坚持其认同陆先生妻女意愿的意见。

照护决定的走向呈现胶着状态，甚至医师们为了病人的最佳利益所坚持的立场，也从互相汇流，走向了各自坚持。毕竟，太过尖锐并无可撼动的立场，甚至希望速决的态度，对一个个照护生命的临床现场来说，其中有太多的细节，值得我们去深究、抽丝剥茧，甚至是质疑。

而理性的专业和感性的同理相互夹杂，所触动的危机嗅觉，也与医疗人员信任病家的专业训练，逐步地产生冲突。

家属阻止医护人员接近

为求慎重，几个照护团队再次相聚，讨论各种医疗处置后可能发生的情境。因为陆先生一开始的死亡状态是意外导致，倘若拔管后往生，就必须进行司法相验。虽然医院方只需提供陆先生就医后，医疗团队所能收集的与治疗过程相关的信息，但也就在这场讨论中，有更多疑问浮现。

包括，在事故第一现场，家属并未通知警察，也没有追查无线电中"明明是吃了河豚后出现症状，为何却向同行渔船通知中风"的疑点，以及直到告知司法相验的讯息时，家属询问是不是一定不会接受解剖检验，也令人对其出海的动机，以及海上所发生的事件充满疑虑。

　　医疗人员虽然是尽其医疗照护义务，但法令上其实也赋予了有可能第一线接触到受伤害之人的他们其他重要的义务，例如，包含家暴、性侵，甚至是他杀等通报与防治的责任，更遑论牵涉到生死关头的病情，更不容许任何人，尤其是所照护的当事人权利的损失。

　　因其出海的区域迭有非法事件的报道，虽然在审慎的推导与讨论下，这个怀疑因无具体事证而被摒除了，但医护人员对于陆先生的医疗处置决定，却也因此陷入了更大的难题。

　　一来一往间，陆先生的病情更加稳定，已经通过脱离呼吸器的训练与测试，预计进行拔管。

　　拔管后，医师告诉家人，陆先生需经过适当的摆位、抽痰，给予消除喉头水肿的药物，以利拔管后的呼吸可以顺畅稳定。

　　此时，家属群情激动，轮番守在病床旁边，阻止医护人员接近，并清楚表示："我爸爸如果可以因为痰这样卡住，往生，就是最有尊严的善终。你们若是试图治疗他，就是违反他生前意愿。我们不会善罢甘休。"同时，签具了拒绝任何治疗的同意书。

捍卫病人的生命和自主

加护病房的医护人员感到无比煎熬，虽然可以认同病人的意识状态几无恢复可能，不一定要靠呼吸器延长无意义的生命，但即使病人拔管后，生命征象无法稳定，也不应在家属这看似伤害病人的不理智决定下，看着病人痛苦挣扎死亡，加护病房医师甚至有过报警的念头。

与此同时，社工师也探知，家属似有长期照护的经济压力，因此非常担心病人活下来后成为植物人，家庭生计难以负荷。

为了让加护病房的团队能够从这一段时日的高压状态中解放，并将加护病房的资源留给更需要的病人，安宁病房的团队经过沙盘推演后，决定坚守医学伦理的引导，捍卫病人的生命和自主，并秉持行善与不伤害的原则，同时投入大批的护理师、社工师与心理师的资源，力求同时照顾家属的心理灵性平安，减低照护压力，同时也透过一个紧密而完整团队的照护，让这些照护的成员可以成为彼此坚实的依靠，不用担心家属激愤，甚至不合理的要求所带来的身心压力或是感到受威吓的恐惧心态。

从加护病房挪床上来的陆先生，因为家属的拒绝，无法排除痰液所造成的呼吸窘迫，喘得费力，脸部通红，全身盗汗。

对于照护精神是让病人舒适的安宁团队来说，真是如同针扎在心上。在一部分护理人员陪伴家属的时候，医师与护理师轮番进入病房，调整药物，进行舒适摆位，适度引流并抽吸痰液。不到半小时，病人舒适睡去，判若两人。

家属进到病房，却并未是放心的表情，而是立刻质问护理师："你们是不是帮他抽痰了，治疗他了？"

因为已经有过心理准备，护理师不再被这问题困扰，默示这会是我们坚守并且执行的价值，也再次伸出手，表达我们愿意协助任何让他们感到紧绷或担忧的事情，也愿意随时解释他们对于治疗的臆想或是误解。

一辈子的学习与体会

接下来的数个日夜，并不容易。只要提供一项新的照护，例如，帮病人退烧，缓解其不适，上述的境况便需重来一次。

所幸团队的人彼此打气，并时时检讨、省思。在两周后，病人于所谓顺其自然的照护下，因为不再使用抗生素治疗，因肺炎过世。

而这两周的历程，病人的舒适是被妥善重视的，而任何有可能违背病人本人意愿的做法，也是被严苛检视的，所以团队也问心无愧。

事后，我们和院外的专家联系，感谢其关心，同时也表达，第三方意见可能在真正的第一现场会造成困扰。对于竭力推动生命质量与尊严的专家来说，陆先生无论存活与否，都将处于一个不理想的生命状态，因此，专家才会如此认同陆先生妻女的请求。沟通之后，专家仍执此立场。

有时，我觉得类似这样的照护事件，其实根本就不只是"医师救人的天职"和"病人的善终自主"之间的摆荡而已。它考验的是，我们从小所接受的尊重他人的教育、人性与伦理的思考、医疗判断的胆识、医疗照护者是否发生了情感转移或是自我价值僭越了病人所认同价值的内省，甚至是法律与制度的框架。而很多时候，急迫的时间压力、无法预测的家属情感，会让医疗照护与决定的难度跃升千百倍。

安宁照护所守护的自主，不只是"你说的是什么"，更是"你实践的是什么"，甚至安宁照护者常是"当与重要他人出现相左意见时，不管你是妥协，还是坚持，仍全力协助捍卫，不退缩"的那个人，而这件事，需要一辈子的学习与体会。

安 心 锦 囊

————————

为什么同样都是医疗人员，大家的意见都不一样？每次听一种意见，我都不知道该怎么为我的家人做决定。为什么寻找医疗方向的过程有时看起来如此隐秘而冗长？

提供好的医疗照护，并不是依靠从医学院所学得的知识，或是在医院累积的照护经验就足够的。

医疗的意见，最重要的是来自诊视病人后当下的综合判断，包括疾病所带给病人的负担、过去对于治疗的反应、现在使用某些治疗方式的效果或是风险、治疗过程所必须承担的照护与财务负担、治疗成功与否、治疗和病人回归生活社会的相关性、病人的情绪表现，这些是隔空听取病情或是看病历记录所完全无法获得的讯息。因此，无论是多么资深或是有名望的医疗人员，无法亲视病人，就难以给予最适当的医疗建议。

而来自多方的医疗意见，可能都会对正在主责治疗的医师构成压力，并且干扰其做最正确的判断。

若是有非常关心您家人的医疗界朋友，请提醒他们医疗意见整合的重要性，并鼓励他们到现场与您家人现在的主要治疗团队讨论。

医疗人员负有保护病人的伦理与法律义务，所以一旦对致病的机转与临床上的判断有所质疑，或是病人的意愿模糊不可得，而家人的决定可能会让病人的利益受损时，医疗人员就必须审慎处理，甚至必须请求社工师、事发现场的相关人员，以及主管机关的介入。因此，即使面对家人的心焦与等待回复的度日如年，医疗人员也必须在病况发展明朗、病人权益不会受损，或是重要的病情证据已记录完整的情况下，才能给家人明确的回复。这也是为什么有时候医疗程序或是医疗团队的响应会被人觉得似乎相当隐秘或是冗长的原因。

第二章

医疗可能穷途，
但安宁照护不会有末路

临终的烧炭计划

而即便烧炭计划是如此骇人，我们却无法语出任何一字的苛责。
因为我们看到想出这解法的他，
背后那深无止境、无人能替的市井哀戚。

"当我开始吐血的时刻，我会开始烧炭，带九十五岁的
姑姑一起走。"

在这个艳阳洒落府城的午后，我和居家护理师阿莲的
脚步，搭配着载满居家照护配备的那只行李箱的轮子滚落
老街红砖上引起的声音，回荡在静谧的巷子内，格外响亮，
不过一户户紧掩门扉，无人探头查看。

但我对这样的声响几乎充耳不闻，因为刚刚在车上阿
莲所转述的这句话，持续在我的脑海中轰然作响。

人生的最后一棋

那哀伤与决绝太深沉，一下子放尽我的情绪，以至干
涸，连滴泪都落不出来。

这是走投无路吗？这根本就是奋力一搏，连丧钟敲响之际都不肯臣服于命运的无奈，只是他在人生弈盘上所下的最后一棋，是如此令天地同悲。

按下门铃后，我们静静听着屋内动静。

阿莲紧蹙着眉："我真担心是金大哥自己出来开门。"

三分钟后，一阵蹒跚的脚步，拖鞋声伴随着纱门被拉开的咿呀，我和阿莲四眼相对，无须谁开口，这声音所描绘出的画面，已经在我俩的心中证实了她的猜测。

进入房子小小的门庭内，返身关门时，阿莲悄声跟我说："金大哥考虑要打一把钥匙给我，因为上回我第一次来访视他时，他很担心哪一天如果病重到无法起身，或是已经在家没了气息，恐怕我会不得其门而入。"

在这个工业化起飞多年、高龄化跟跄而至、社会福利与老人照护却没能紧紧跟上脚步的现代社会，走入小区的居家照护，尤其对象是重度与末期的这一群人，我们的医护工作，往往无法与生命中一些医疗外的议题清楚切割。别说为了他们家庭或生存的困难同时烧尽心力，更多时候，连自己的爱与心绪都情不自禁地编织进去了。

待我们步入一楼的内室，金大哥已经躺回床上了。这时，我才有机会好生端详他。当然，先是带着医疗眼光的。全身性黄疸，鼓起的腹部，嶙峋的四肢，简单的汗衫套在身上，已显松垮。刚刚这样的几步路，显然已造成他的换气困难，或许连支撑自己坐着等待我们的气力也全无，只得在床上喘息着。

七十余岁的他，一生并无固定职业，大多是在所谓的江湖闯荡，当个角头大哥。现在会出现在这陋室的，除了长年与他同住、倚赖他照料的姑姑，就是一群对他尚不离弃的道上小弟。

在父亲临终前，许下的承诺

几个月前，意外在医院就诊时发现肝肿瘤。他担心一旦到医院就医处理，年迈的姑姑便无人照料，所以拒绝医师所建议的治疗，仅带着口服药物回家。

一晃眼，三个月过去，如今这肝肿瘤已经大到十五厘米，压迫了整个右上腹，侵蚀了大部分的肝脏，而他也因此经历了肿瘤破裂出血，差点昏厥送医。

现在虽然暂且留下了这条残喘的命，但完全看不到未来可以依附的希望。想到他在父亲临终榻前所许下的照料姑姑余生的承诺，他只能带着姑姑共赴黄泉，再向天上的父亲谢罪。

烧炭计划是真实的。他已经分别嘱托不同的小弟，买来火盆与木炭,向护理师问明了他临终时会出现什么样的症状,估量自己究竟什么时候该动手。

我想他对自己的死亡并不畏惧,但对于要带姑姑一起走这件事,不晓得他曾受过什么样的煎熬与折腾。虽然现在道来,察觉不出他的挣扎和罪咎。

我也忖度着小弟们为大哥张罗这件事时,是带着什么样的眼光和心情面对着他的。是否曾想过要阻止他,或像我们一样,急于找出一个社会上较为允许的、人在困境时所能采取的对策。

九十五岁的姑姑,伛偻身躯,却耳聪目明得很。

她一直坐在病床边的一张沙发椅上,手靠着自动按摩的小枕,迟迟不发一语。表情沉寂淡漠的她,在我们和金大哥对话了好一阵子之后,突然开口说话。

"我年纪大,一定比他先走。"

金大哥病得随时都会离世了,难道她不知道吗?

她当然知道,但知道了又能奈何? 倒也不是固执地不愿面对,所以空说一种漫无边际、没有实心的希望,而是再怎么不愿,送走相依为命的侄儿,然后离开自己万般不愿道别的家,去长期照护机构度过不知道还有多长的余生,是吞不下也得吞的苦涩现实。于是,仅剩下这句话,成为唯一的安慰,盼望着那万物荣枯的定律,赶紧在这一刻如实运作。要收走生命，也得一辈辈照着来，先收走姑姑的，才能轮到他。

只是这呼唤，恐怕也只是徒然。天地不仁，对这事，恐怕也不是祈求就会被施予偏爱与眷顾的。

一杯热牛奶

如今几乎已经没有力气起身做事，安稳的睡眠更因为身体疾病的折腾而成为奢求的金大哥，还是得在每一个半夜，为总是会醒来的姑姑泡上一杯热牛奶。这件在一般家庭内显然不会是个困扰的小事，竟成了病倒后的金大哥的一件不可承受其重的日常工作。

金大哥很客气，开口、闭口"我以前坏囝仔。抱歉，麻烦大家了"。

从为他检查身体、检视药物，讨论让他在日常作息消耗最少体力的状况下，可以好好服用药物的时间安排，接着，阿莲护理师为他做精油按摩，以及其他的舒适护理，到最后一同坐在床边闲聊，金大哥总是非常客气地说着："还好，我还可以。"

因为已经有了初步的信任，我和阿莲几乎异口同声响应他："如果你想帮帮我们，也帮帮自己，拜托一定要让我们知道你哪里不舒服。如果你再这样客气，就会让我们觉得来到这里毫无意义。我们就不来了喔！"

金大哥舍不得让我们觉得工作没有意义，开始一五一十交代他不舒服的症状，但仍不忘在闲聊中，偷偷打探阿莲的故乡在哪，表示要请小弟们去买百货公司的礼券送给阿莲用。当然，又被温柔的阿莲，带着满腔不舍假装训斥了一番。

安宁居家尚未收案时，也就是阿莲上回第一次的到访前，他每天在家被剧烈的疼痛袭击。每回发作时，他只能痛苦地紧紧咬住毛巾，等待疼痛间歇。止痛药物发挥功效后，他才终于获得些微具有人性的生活。

帮他服下几颗止痛药后，我们静静坐在床边，仿佛这样就能思考出下一步该怎么走，而我和阿莲还真的天马行空地想了很多方式。

包括，假如他真的能够符合独居送餐申请的条件，身体却已经虚弱到无法行走，该怎么确保他可以吃到送餐者送来挂在门外或前庭的便当。

而即便烧炭计划是如此骇人，我们却无法语出任何一字的苛责。因为我们看到想出这解法的他，背后那深无止境、无人能替的市井哀戚。

这一个个不善于在医疗或照护资源中争夺的人，是如何默默地栖身在这大街小巷的某个角落,用如此悲歌的方式,计划并处理他们的人生,却无人闻问。

比开药更迫切的事

"想不想吃冰?"当阿莲用药膏涂抹着他因为腹水与泻药的副作用而胀得鼓鼓的肚皮时,我从手上的病历中,抬起头来问他。

"可以吃冰吗?"他讶异地问。

在活着的条件也没有更好的情况下,他虽然已不畏惧死亡,但仍强迫自己进食,因为这样,似乎姑姑的不幸就可以跟着延后。

在一个热食对身体健康较有益处的传统观念下,他常请小弟买各种热汤,想要试着维护这已经崩盘的躯体,使之不至于太快坍塌。但近期实在是难以下咽,几乎都是勉强着自己吞下,而腹内那如火烧般的苦楚,更是无处投递。

我和阿莲在他的首肯之下,打开冰箱东挖西找,翻出一小盒冰激凌。

阿莲细心喂着,他三两下吃完,露出难得的笑颜。

"吃完了耶,你在这等等,我们现在去帮你买冰,好不好?要吃什么?锉冰?芋仔冰?枝仔冰?"

阿莲热切地望着他。这绝不是打趣而已，我们向来说到做到，而且这些事情往往比开药更迫切。有什么比在生命终点之前，好好感受活着更重要的呢？

"别别别，受不起。我请小弟们买就好了。真的。"

金大哥还是客气，为免他太难为情，也知道小弟们日日都会来替他张罗一些能尽的小事，我们也就不坚持了。

"吃冰，减少肠胃内静脉曲张的血管刺激，防止出血，充满热量，又缓解腹部烧灼感，应付味觉的改变，以及腹内胀痛的不适，好多于坏。可以吃，你放心。医师我说的。"他又笑了。

那一个午后，围绕在金大哥身边的苦难并没有变少，但我们似乎找到了一种方式，让苦难可以容易面对一点。

最后一里路的

安 心 锦 囊

————————

假如自己罹患末期疾病，体力虚弱，胃口不好，腹内又有烧灼感，同时生活上背负有照护负担时，该怎么样可以舒服一点，又有什么资源可以来帮自己呢？

许多腹腔内有肿瘤的病人，因为肿瘤分泌发炎性物质的关系，会有俗称"腹内烧"的症状，这时可以帮助腹部散热。例如，使用电扇或将冷毛巾敷在腹部，也可以鼓励病人食用冰凉的食物，尤其推荐冰激凌。冰激凌不只含有蛋白质与热量，它的质地也适合开始出现吞咽困难的病人。

　　当病人罹患末期疾病，体力又逐步虚弱，此时，不必勉强他到医院就医，可以向有提供安宁居家照护的医疗机构提出申请，就能够让安宁居家团队到家里进行照护。团队也可以协助转介社工师与社会福利资源，以因应像故事中金大哥要照顾姑姑的难题。

黎明前是那么长的暗夜

可是，遗憾与难受已经这么多，

我们又怎舍得，晓安阿姨还得默默咽下这最后一个遗憾。

我们在病房的会议室中坐立难安。众人的焦点，都在社工师的公务手机上面，期待它会响起。期待响起之后，我们有时间顺利完成之前演练过无数次的安排。

一周前，我努力盯着屏幕上的这几行文字，试图找到可以前行的路。"（第一项）受刑人之祖父母、父母、配偶之父母、配偶、子女或兄弟姊妹丧亡时，得准在监狱管理人员戒护下返家探视，并于二十四小时内回监；其在外期间，予以计算刑期。（第二项）受刑人因重大事故，有返家探视之必要者，经报请'法务部'核准后，准用前项之规定。"这是"监狱行刑法"第二十六之一条。

我正面临一个让人震惊而难熬的状况，这是一件我必须做，也得思虑周详该怎么做的事。

庄伯伯的眼角，落下了泪水

社工师的公务手机响起来了。几句话，点头称是后，她挂了电话。我们纷纷从会议室中，快速走到庄伯伯的病房。

实在是在脑海中演练太多次了，所以没有人需要开口询问。社工师接电话的神情，便让我们放下了心中悬吊许久的大石。

社工师先前往楼下的加护病房门口接应，并准备加护病房里的探访环境，而我们急速地将庄伯伯的病床，推往电梯，预备带着庄伯伯前往加护病房。因为我们有件很重要、很重要的事，要让他知道，还要陪伴他撑过去。虽然庄伯伯的意识状态呈现木僵，已经有五年的时间了。

当我们把庄伯伯推到加护病房中女儿的病床前时，社工师、加护病房的医疗团队，以及庄伯伯的儿子，已经在姊姊的病床边了。

庄伯伯儿子的身上没有脚镣，看起来和一般探视病人的亲属一样。我很高兴看到他是这样子出现在爸爸和姊姊的病床边的。

社工师悄悄向我转达。加护病房的医师，已经向儿子解释了姊姊的病况，而带着儿子过来的监狱管理人员，目前正在加护病房外候着。他们可以有半小时的时间相处。这时，我上前向庄伯伯的儿子，补述了庄伯伯的病况。

儿子眼中有泪，但点头表示明白。

庄伯伯的太太晓安阿姨，静静地站在旁边。等我们都分别向儿子解释完毕，她上前，走到庄伯伯的病床边。

"老庄，儿子、女儿都在你身边，你有感觉到吗？可是，我想告诉你一件事，就是我们的女儿生病了，很严重、很严重的病。因为脑部严重受损，她快要离开这个世界了。我想了很久，觉得像她这样一个热心帮助别人的孩子，应该会很想要为这个世界留下什么，所以我帮她做了一个器官捐赠的决定。她真的很棒喔，已经通过所有的检查了。我想，你也会为她觉得骄傲吧？"

晓安阿姨花了点时间，才讲完这段话，因为两三句话之间，她都必须停顿好一段时间，才有办法再接续下去。可是晓安阿姨的语调很温和，也没有掉眼泪。

但当她把这段话说完的时候，庄伯伯的眼角落下了泪水，沾湿了病床上的枕巾。

社工师陪着庄伯伯的儿子，护理师轻轻扶住晓安阿姨。其他人退到加护病房中的护理站，把整个珍贵的空间和时间让给他们一家人，但还是让他们可以看得到，也找得到我们。

儿子俯身向姊姊和爸爸说了些话，有点泣不成声。

他向姊姊道别与道谢，并表达身为她弟弟的骄傲。然后，他向爸爸道歉与承诺，刑期即将届满的他定会洗心革面，并将妈妈照顾好。

半小时过去，儿子先行跟随监狱管理人员离开，而我们也再度兵分两路。一部分的人，推着庄伯伯回到安宁病房。一部分的人，留在加护病房，陪伴晓安阿姨和女儿。

毫不留情的意外

住在安宁病房的是庄伯伯，但现在，要先与大家道别的却是他的女儿，而这个女儿，一周多前，才刚在安宁病房和我们会面，说到她已经决定辞去在另外一个城市的补教工作，要回来照顾爸爸和妈妈。谁知才没有几天的时间，就已经躺在病床上，毫无意识了。

事情发生在会面后的第三天，她正在一间家庭美容院洗头，却突然感受到一阵剧烈的头痛与脖子的拉扯痛。这是她这辈子从来没有遭遇过的疼痛，在和美发师说了一句"我的头好痛"后，旋即昏倒在地。

送到医院急救与检查后，发现是脑中的一颗动脉瘤破裂，引起颅内出血。

她接受了紧急的处置，可是接下来的几天，脑部组织越来越肿胀，并压迫到脑干，整个中枢神经系统一步步走向衰竭，不但脱离不了维生医疗，甚至连存活都不可能了。

也因为是急性的脑部受损，加上年纪相对年轻，所以身体的器官在维生医疗支持之下，还能维持良好的功能。只是大脑这个指挥总部，已经宣布罢工，其他的身体器官即使仍健全，却依旧对于维持她的存在徒劳无功。

也因此加护病房医疗团队会同移植小组和晓安阿姨，讨论了接下来面临的状况，以及可以有的选择。

晓安阿姨很快地做了决定。她要撤除女儿的维生医疗，并进行器官捐赠。

连一点星光都不剩的暗夜

三周前，安宁团队第一次和晓安阿姨见面的时候，是在呼吸加护病房。那一次，也是谈撤除维生医疗，只是对象是庄伯伯。

我们讨论对于持续卧床已经五年，每年反复四五次以上，因为败血症并呼吸衰竭症状入院的庄伯伯，使用呼吸器是否为有益以及有质量的医疗，还是采取缓和、舒适的照护，对他较为合适。

晓安阿姨当时也是很快地决定了要让卧床五年、毫无意识恢复、反复感染的庄伯伯，不再受无效医疗的负担，停止维生医疗，以及对生命质量没有帮助的败血症控制药物，希望庄伯伯可以就此尊严地走完人生最后一程。

同时，也因为这个医疗决定，安宁病房的团队才有机会照顾庄伯伯。不过，移除呼吸器，并停止使用抗生素的庄伯伯，身体状况趋于平稳，也因此讨论到后续的慢性照护计划。庄伯伯的女儿便是在这个契机下，决定辞去原有的工作，回到家乡来照顾爸爸和妈妈。

安宁团队一直以为我们要陪伴最后一程的是庄伯伯，却万万没有想到，造化如此弄人。在庄伯伯预计稳定出院之际，全家人却迎来了一个怎样也没有想过的噩耗。原本就坠着担忧与哀伤的暗夜，这下子，更是连一点星光都不剩了。

在这伸手不见五指的夜幕中，我们对晓安阿姨担心得不得了，好害怕她就这样失足落下悬崖。

再值得不过的一件事

护理师和心理师轮流陪伴着晓安阿姨，而我们也得以看见晓安阿姨的生命中，那股韧性力被唤醒，然后快速茁壮的风景。我们对自己预先假设的软弱,感到汗颜,也为能在坚硬的陡壁上萌出勇气的芽,致上无以言喻的敬意。

这股力量驱动着我们。我们好想为这个不可思议的家庭再多做点什么,所以知道晓安阿姨很希望已经入狱服刑多年的儿子,可以来见姊姊最后一面,而非冰冷的遗体时,这便成了我们想要努力达成的共识。

可是法律的规定毫无协商的空间,只有死亡后才准奔丧。而各地的监狱,虽然也都为"病危"的状况定有规定,但病危返家探视的规定,比法条上返家奔丧的限制更加严苛,仅限于"受刑人之祖父母、父母、配偶、子女病危时,得经报请'法务部'核准返家探视",手足并不在核准条件之内,这仿佛在第一时刻,就断绝了晓安阿姨的唯一愿望。

而要帮一个不违法、不为难行政机关、不抹灭晓安阿姨微薄心愿的忙,却扎扎实实让我的内心交战了许久。

虽然广义上来说,卧床多年,功能尽失,又带着已经不再治疗的败血症,以及刚移除呼吸器状态的庄伯伯,随时都在病危的边界上,可是当下却又处于可以转往慢性照护的生理情状,我用以认定病危的角度,是否能过心中良知天平的这一关,是我的第一个难题。

而假若我开出了这一张病危诊断书,我即将面临第二个难题,也就是这是庄伯伯的病危诊断书。庄伯伯的儿子仅能来安宁病房探视庄伯伯，却无法见到其实真正急迫需要见面，正在加护病房接受照顾、分秒必争的姊姊。

即使这两关都过了，我们还必须衡量大型医院相关照护考虑，以及他人就医权益的难题，妥当地安排庄伯伯进入加护病房的过程。

最后，还有一个不管我们投出多少询问，也无法有肯定答复的不确定变数，就是庄伯伯的儿子何时会来到医院。戒护人员是否会通知医院相关单位，假如在没有通知之下，悄悄带来医院，并依病危资料，前往安宁病房探视庄伯伯，那么，这一切的心思和预演，便将功亏一篑。

晓安阿姨感受到了我们如此想要帮忙却窘促的处境。她非常体谅地安慰团队说："尽力就好，尽力就好，谢谢你们。"

可是，遗憾与难受已经这么多，我们又怎舍得，晓安阿姨还得默默咽下这最后一个遗憾。

只是陪伴着，而非亲身遭受这一切的我们，都感到如此心痛，又怎能任由事实残忍地再在晓安阿姨的心上划下一刀？

所幸，那通戒护人员拨来的电话，仿如一场甘霖般，让焦烈的心情获得舒缓，让我们看见了这毫无止境的长夜之后，仿佛曙光将出的一点闪烁。

我们将庄伯伯出院、前往护理之家的日期延后两周，好让晓安阿姨可以专心陪伴女儿，完成器官捐赠，以及后事处理的所有过程。

虽然知道毫无妥协空间的健保审核，万一挑中了庄伯伯的案件，很有可能核删所有的安宁病房费用，我们仍旧认为，这是再值得不过的一件事。

当庄伯伯女儿的大爱已成，我们又持续在护理之家照护庄伯伯一年。因为状况真的相当平稳，便在和晓安阿姨沟通之后，暂时结束了安宁居家的访视，交由护理之家，全责照护庄伯伯。

持续关心着晓安阿姨一家

但是，团队总是在暗地里持续关心着晓安阿姨一家。

最近，听说晓安阿姨的儿子服刑期满。晓安阿姨非常认真地陪伴儿子，以防他在回归社会生活稳定之前，会再有误入歧途的迷惘。

她也继续操持着和庄伯伯一起白手起家建立的公司业务，并且每周去探望庄伯伯一次。总是静静地，偶尔细声说点话。整个人看起来是平安的，也一样散发着在那个最艰困的情境上，我们在她身上看见的温和与坚定。

有时，我们会觉得痛苦的长夜不会结束，失去所有对生命掌控权的崩落感，引起撕心裂肺的愤怒，但是只要一息尚存，就会被生命推着前进。于是只能直视它，或任由它击伤，或偶尔挤出一点力气反抗，但是一点一滴地，打中我们的每颗石子，会重新在脚下组成一条路。虽然看不见方向，只能艰难地踩踏着前行，暗夜便也在这时间的转盘上，渐渐退到黎明之后。

那是一个陌生的境地，但是有着光。当这光照耀着路，我们会再看见，从四面八方迎来的人，与我们和他们的联结。

最后一里路的
安 心 锦 囊

我的家人签署了器官捐赠的同意书，但是又因为疾病或意外伤害，正使用着维生医疗。因为医疗已经无效，而且家人的身体正在受苦，所以我们希望为他移除维生医疗，但这样，会不会影响他想要捐赠器官的大爱遗愿呢？

如此想要守护着家人大愿的心意，是让人非常感动的。若是针对已签署器官捐赠同意书的病人，除了过去一般大家所熟悉的脑死捐赠外，"卫生福利部"在二〇一八年十二月二十六日发布的"心脏停止死亡后器官捐赠作业参考指引"，是以尊重末期病人之自主权及以善终为前提而制定的。如果想要同时完成善终以及器官捐赠的心愿，那么，就可以请医疗机构内的安宁缓和照护团队以及器官移植团队协助。

有时候，某些病人因为突发的疾病或是意外离世，对于家人来说，这些急性的哀恸反应，和陪伴一个因慢性病离世而有时间做的预期性哀伤，是不一样的。

如果没有适当地走过这个历程，很有可能在未来变成复杂性的慢性哀伤反应。所以此时若身体出现认知、情绪或是行为上的悲伤表现，那都是正常的。在安宁照护的过程中，即使病人已经离开，团队仍会对其他家人进行后续的关怀。如果发现家人有需要，团队可以协助进行悲伤辅导。

悲伤辅导是协助人们在合理时间内，引发正常的悲伤，并健康地完成悲伤任务，以增进重新开始正常生活的能力。

同　归

陪伴与照顾他的这段日子，我对他说过最多的话便是：

"你放心，我一定不会让你再去住院。"

如此，他才稍可放心，对我说出那肉体几已无法承受的苦痛。

重过阊门万事非，同来何事不同归？

梧桐半死清霜后，头白鸳鸯失伴飞。

原上草，露初晞。旧栖新垅两依依。

空床卧听南窗雨，谁复挑灯夜补衣！

——贺铸《鹧鸪天·半死桐》

他离开了，在太太的忌日这天。

其实，他一个月前就告诉我们了。虽然有些病人的确会出现临死觉知，但是如此准确地预知时日，还是不常见，并且仿佛是已经离开的太太在指引似的。他腾云驾鹤的日子，重叠上她的。

安宁居家护理师捎给我这个消息，还告诉我，冯伯伯自我上次访视，直到临终，尚有些身体不适与临终症状上的变化，然而，因为适逢那段时日，我正进入研究所就读、进修，能够居家访视的时段缩减，因此与安宁居家护理师无法配合上，原可安排其他医师代为访诊，但是他说："不了，我熟悉也相信谢医师。如果她不能来，就也别带其他医师来了。你与她通电话，讨论我的病情就好。她去念书很好。别打扰了她念书。"

霎时，我的眼帘一片雾蒙。

无语，却最铿锵的支持和信赖

如果在职进修这件事，真有那些让我甚感愧疚的时刻，此情此景，便是为最。我想这也是身为医师每日每夜都在心头进行的拉扯。不论是否上班或值班，我们一直都是二十四小时，全年无休地为我们的病人负着责。然而，这也是一份极需要时间精进、研修，以及传承教育的工作。要搁下病人，尽可能平衡地兼顾着，时时都是考验。

知道他离开后的那段时日，我常常想起他，想起这种被仰赖着的踏实又温暖的感觉。我默默地在心底，感谢他无语却最铿锵的支持和信赖，也为了自己无法真实地挨着身与他相伴直到最后而致歉。

冯伯伯多年来一直与甲状腺癌对抗,大概有接近十年了。这一年余,因为多处骨转移逐渐疼痛,并失去行动能力,才接触了安宁照护团队。

在安宁照护的模式里,他最喜欢的就是安宁居家照顾。冯伯伯不喜欢离开家里,所以他希望,疼痛照护以及其他身体心理的照护,都可以在家进行。

他不要在医院,他一定要马上回家

我和他相识,其实是在他第一次,也是最后一次住进安宁病房的时候。那一次,他烧得几近呓语,其实就是医学上说的谵妄现象。而在家抽血检测的血液样本,也在培养基中长出了一种抗药性非常强的细菌,并没有合适的口服药物可以在家使用,必须回到医院,使用针剂的抗生素药物才能控制。虽然已经有过最后的日子绝不要在医院度过的决定,家人还是非常担忧,希望他到医院接受治疗。

因此,初见面,他便笑着告诉我们,他是被家人,还有安宁居家护理师押着进来的。待败血症控制稍微稳定,他便急急地央求着返家。

我告诉他,此次引起他败血症的细菌来势汹汹,属于多重抗药性的菌种。疗程尚未完全结束就回家，症状恐怕随时复发，甚至可能迅速导致败血性休克。

虽然这是超过九成的末期病人，身体防线最后崩塌的自然现象与病程，但还是有些人考虑治疗效益所带来的生命延续，或是身体舒适度的影响，会接受抗生素的治疗。

冯伯伯非常清楚我在告诉他的是什么。他依旧非常明确地告诉我，他不要在医院。他一定要马上回家。

他说，下一次，他要在家里见到我，绝不要在医院。他问我，能做到吗？他说，以前没有医师敢答应他。

我说，这有什么问题。你过你最想过的人生就是。其他的烦恼，就交给我们来处理。

其实，我很快就明白，冯伯伯坚持一定要回家的原因，是怕住了院，便魂断息止。他害怕，没有在家的环绕中离去。

已然不可避免的死亡，不是他这一刻最害怕的事，但是有可能在外头过世，三魂七魄找不到家回，是他绝不能接受的事。

而且，他每天还要在家享用他最喜欢的食物。这点，在医院处理起来，也是多了层层关卡。

罹癌的病人不愿意接受化疗，不是因为不想活下去

然而，他因为担心必须回到医院这件事，给自己吃足了苦头。有时，我真的很心疼病人。过去就医的经历，或是自我的认知与想象，有时，会让他们做了不合适的决定，但往往无人得知。

例如，罹患癌症的病人不愿意接受化疗，其实不是因为不想活下去，而是因为看过亲友做了治疗后，仍旧恶化，甚至痛苦死亡的场景。

却不知道那段痛苦的离开，不是因为做了化疗，而是生命最后的身体症状没有受到合适的照顾。例如，对于安宁照顾的恐惧，而排拒安宁团队的介入，或是没有人对止痛药的误解作澄清说明，而不敢服用医师已经开立的药物。

因此，陪伴与照顾他的这段日子，我对他说过最多的话便是："你放心，我一定不会让你再去住院。"

如此，他才稍可放心，对我说出那肉体几已无法承受的苦痛。

全身无一处不疼，疼到坐起来吃饭都是极大的酷刑，只能侧着头，缓缓进食。无法完全击溃的败血症，时不时地用高烧与畏寒攻击他。脊椎压迫的结果，让他双腿从酸麻、刺痛、无力，直到完全瘫痪。因体质关系，几乎无法退

去的湿疹与痒疹，让已经镇日卧床的他，无一处肌肤舒适。

但即使如此，他还是勇敢地过着他知道仅剩不多的日子。没有对谁发过脾气，也没有抱怨过。

他因为有高血糖的痼疾，在我们家访前，就会刻意少吃些，希望血糖数据在我面前不要太难看。

问及疼痛，总笑笑说，还好，但明眼人都知道他在忍耐。所幸后来疼痛用药的调整，确实有明显的效果。

虽然我总觉得我没有帮上什么忙，他却是一再对我道谢。感谢安宁居家服务成全了他不愿意余生反复在医院度过的心念。

可以在家，可以吃好吃的东西，那是付出再大的代价都肯交换的，他说。

他的话不多，总是自制、客气。安宁居家护理师为他失去知觉并且淋巴水肿严重的双脚，使用精油进行淋巴按摩时，他总是略不好意思地说，实在是让你们太辛苦了。

谍对谍般

因为最后一次住院时的家庭会议沟通，知晓他的时间仅剩几个月的时候，儿子请了长假，媳妇调动了原本就算有弹性的保险业务工作，贴身相陪。

但事情并没有因为回了家，家人也调整了工作与照顾，而一切顺遂。

教导他如何察觉并描述身体症状，花了一段时日，症状才终于逐步得到了控制，提升了生活质量。而家中所聘请的外籍看护工，据说也有状况。

孩子说，这个看护工相当被动、眼神怪异，且不断对中介公司提出要换雇主的请求，因此必须屡屡请中介公司的代表与翻译，前来家中协助沟通，而最终看护工所表示的理由，更是让人感到非常不可思议。原来看护工要求离开这个雇主的原因，是看见病人对她有生理反应，她感到被骚扰。

儿子、媳妇极其讶异，因为他们几乎贴身相陪，并未察觉此异状。

媳妇于是把我拉到一旁问，即使是癌末患者，也会有正常的生理反应，例如清晨的勃起，是吗？我说，是的。我们可以卫教外籍看护工，也对这年轻的女孩给予更多的同理与支持。

中介与翻译闪闪躲躲，不太愿意出面。媳妇只好自己处理这个问题。而他们更担心外籍看护工逃跑。重新支付申请费用还在其次，他们知道在父亲与天争的不多时日中，他们没有多余的时间，可以等待一个新的外籍看护工。

于是像谍对谍般，他们除了守着父亲，还要守着那一扇外籍看护工随时可以打开逃跑的门。

偶尔，我思及此事，都有种无力感。

尽力治愈或照护病人的医疗，并不会让生命或是生活变得完美，或是简单。逐步失去自我控制能力，必须对他人坦露一切，却被污名的病人，在照顾资源安排上进退不是的疲累家属，还有身在异乡，必须坚强，甚至凶悍的外籍看护工，每个人都在人生的课题上兜转着，挫折、奋起，再挫折、再奋起。

已经写完人生所有的考题

最后的时光，他再度逐渐陷入呓语。不清的神志，伴随着些许较为明显的疼痛反应。偶尔清醒中，他对家人说："你妈妈要来接我了。我真的真的好辛苦，我终于可以离开了。"

这的确是一段冗长的历程，从他带着身上余孽尚未除尽的败血症出院，回到家，又过了三四个月了。我想起每回在他的小房间诊视、闲聊毕，我退出到房外小客厅，使用计算机，缮打着他的病历以及药笺上药品项目的调整时，看到客厅桌垫下压着满满的名片，都是关于美食。

我觉得他在这个时间离去很好，不至于谵妄到昏迷。

因为假若昏迷的时日拉得太长，他是否会饿？是否会渴求着他不可一日没有的美食？又是否使用管路或点滴补充营养，虽然解决了饿与营养补充的问题，但其实加强了对他享乐美食之愉悦的剥夺？

看来，他没有打算让这些成为他人生中最后的难题。他已经写完了所有的考题，要把这卷子，留在人间，而他要挥手转身了。

他与太太，终于同归了。我总想象，他肯定数着亡妻缓缓挪移向他的步伐，伸出他厚实的手，在风吹过刻着重要数字的日历页面之时，他们终于搭住了手，一起往另一个世界走去。

最后一里路的

安 心 锦 囊

临死觉知是真的吗？是真的有已经离世的家人来接病人吗？

有时，当生命只剩下几天或几个小时，家人会看到病人仿佛是在喃喃自语，或是胡乱说话的画面，甚至是不合逻辑的幻觉，而这时的病人因为无法与家人对话，家人可能会感到恼怒、挫折，而一直想要摇醒病人，或是要求医疗团队降低止痛药药效，或是减少（有些人会希望增加）镇静剂，去解除病人这样的症状。

其实，这些时候，常是病人进入与自己对话的灵性最后成长阶段，并且用语言与非语言，展示着在死亡这个缓慢进展过程中，病人自己的感知。病人也可能正在做着一生的回顾与巡礼，许多重要的回忆会在脑海中浮现，许多重要的讯息，也会透过某些（或许家人无法轻易了解的）方式传达。

有时，病人会非常笃定（而且并不恐惧）地说出自己会离开的时间，以及哪个已经过世的家人会来接应他，这通常代表着临死觉知。越是对死亡有准备的病人，就越能够平静，也越能够有清楚的临死觉知，这是病人最后留下的珍贵礼物——连死亡都可以让自己和家人从容准备。但这样的讯息，却常常被忽略或是否认掉。

病人不一定需要有宗教信仰，才会有临死觉知。在安宁缓和照护里所谈论的灵性，是不分有无宗教信仰，或是哪一种宗教信仰的，而是一种普世的，全人类皆有的。

走吧,我们去谢医师的门诊吧

> 我为了她每周要来找我调药,感到抱歉。
> 但是后来我发现,来我的门诊对她来说是很重要的,
> 也变成习惯的一件事。

安宁居家护理师告诉我,她在她那张最熟悉的大床上,非常安然地过世了。很少有这样的病人和家属,第一次与我在缓和医疗门诊见面的时候,是如此开朗并侃侃而谈的。

大多数的人由原团队医师转介而来时,总是愁云惨雾,或仿佛惊弓之鸟,好像只要我一开口,就会击碎某个他们一直竭力呵护的贵重宝物。

四不要求

玉凰阿姨和她的女儿与我初次见面的时候,便直爽地告诉我,她已经这把年纪了,如今得了胰脏恶性肿瘤,是自己决定不再将时间花在与它拼搏上,而是希望有个有良

好质量的最后的生命历程。不要受太多的苦，也不要无法自理。

担心我这个初次见面的医师，不愿意同意她的要求，她再三跟我强调她"不要拖磨，不要痛苦，不要失能，不要住医院"的四不要求。

我时常在照护末期病人的过程中，听到对方对我这么说。我的训练和经验告诉我，这时，我得做几件事，包含厘清经济、家庭支持或是心理情绪，是否有重大的因素干扰着病人，而让他们产生了对发生这些事情的恐惧。

虽然，我们并不一定能协助克服所有的难题，但至少将可以改变的因素辨识出来并且澄清与解决是必要的。

玉凰阿姨在这个部分没有太大的问题，于是，我便进一步和她说明，虽然这是大多数人的渴望，可是我们很难改变疾病的历程。

"不要住医院"这个要达成比较简单，但是，完全不拖磨、不痛苦、不失能，这是一件非常靠缘分的事情。况且，要是一切都不拖磨、不痛苦、不失能，通常也代表着死亡的来临与过程相当快速，也因此，这个大家所希冀的毫无苦痛的过程，有时可能伴随着的是病人和家属的错愕与措手不及而引发的强烈哀伤。

所以，我建议玉凰阿姨重新改订协议。我告诉她，我会尽力协助她达成，但同时还多承诺了一个：假如这些状况真的发生，我会如何帮助她继续快乐、平安地与它共处。

如此一来，我们便没有达不成的事了。我不需要因为这些失能的状况可能终会发生在玉凰阿姨身上而如履薄冰。我让她明白，我和她一样致力这个目标，而且我们还有B计划，多么完美！

玉凰阿姨对于我们初次拟定的协议看起来很满意。于是，我进一步向她说明，如果有一天情况需要，我会为她申请安宁居家的服务，到家里帮她和女儿。这样，她就不用强撑着身体奔波回来就诊了。

她向我摆摆手，说应该不需要啦，我不要这样活着。"噢，对了，医生你要帮我开糖尿病的药物喔！"

她在离开诊间前向我说，她会继续认真控制慢性病，这样，才能好好活到她要走的那一天。

我向她点了点头，说没问题，这个我也会协助。我没有再向她说理一番，末期病人的慢性病控制考虑是不同的。研究证实，有很多的药物是不需要继续使用的。我知道我最重要的任务，是守住她的"四不要求"，至于其他的，在这个原则下，她都会相信我们，所以我并不需要急着在初次见面时，硬把这些讯息都塞给她。

她不是要找一个告诉她人生最后应该怎么过的医师，

她已经决定了人生的最后要怎么过,只是来找一个可以尊重她想法并协助完成她心愿的医师。

"不好"这个字眼,一点都不沉重

接下来,我和她几乎每周都在安宁门诊相聚。其实,这不是我的计划,一个好的照护也不应该让病人每周都必须奔波来回,即使我们知道末期病人的症状随时都会有波动。因此,我一开始有点懊恼。

她来找我,并不是我没有预判到药物会产生的反应或是她在疾病过程中会发生的症状,而是因为她的疼痛症状是在吗啡用量低的病人身上少见的,很难调整。我为了她每周要来找我调药,感到抱歉。

但是后来我发现,来我的门诊对她来说是很重要的,也变成习惯的一件事。她会毫不矫饰地对我抱怨症状以及用药的问题,也会很骄傲地告诉我,癌症末期没关系,但她还是乖乖控制血糖,因为她不想被慢性病并发症拖累,要走就要走得无痛洒脱,然后经过详细问诊、说明叙述后,她会很快地起身离开诊间,说我还有很多病人等着。

我也察觉,我竟然期待在诊间的门被护理师打开的时候,看见玉凰阿姨无奈但又洒脱的脸庞,以及她女儿进来以后，如连珠炮般地认真告诉我，这一周来妈妈又发生了什么状况。

虽然，我们的对话常以"妈妈这周很不好耶"开始，但我却从照顾玉凤阿姨的经验中学到，当我们真心感觉病人是如此信任地把自己的整副重量托付给我们时，"不好"这个字眼一点都不沉重，也一点都没有挫折感。

因为好与不好都不减损我们对彼此的需要，以及对彼此的爱。她不会因为我没有把症状处理好，而对我失去信任，我也不会因为自己没有达成让她舒服的期望而失去信心。因为我背着她呀，她不好，我怎么会好，而我又怎么可能有任何一刻不希望她好而懈怠了我的责任。正是这种一体感，一起面临什么都不要紧了，就是靠着对方就行了。

于是每周在门诊看到她，我也就不那么沉重。我本来一直担心她会放开我的手，但是她没有，她的女儿也没有。这种医病信任，夫复何求？很多时候是病人在建立医生的信心，让他们相信自己的价值。

仿若定心丸

就这么来回了几个月。后来，病情仅仅在一周内就加剧，我为她启动了安宁居家。

她多么幸运，有很棒的女儿，还有很棒的安宁居家护理师。谵妄与虚弱，都变成她最可爱的样子。被画成彩蝶的墨点，是纸上最美丽的风景，而非污渍。

　　倒数几次的家访，玉凰阿姨已经不太能和我们对话了。女儿描述了一段她眼中母亲可爱的样子："她很怕热啊，可是最近可能因为她变得比较虚弱吧，有时会怕冷，我会把冷气关掉。那天我下楼，替她开了风扇，可是我忘了把风扇的方向对准她，结果两个小时后，我上来看她。你们知道她多可爱吗？她满身大汗，像小孩子一样把肚子上的小被子踢掉，然后一直对我喊好热好热。不过，我马上想到了一件事，她其实还能动的，这么一件下床来把风扇转过来的事，她已经不懂得做了，我便知道她退化得很厉害了。那天我和女儿笑着帮她擦干汗，换上舒适的衣服，开了冷气，然后觉得阿嬷好像小孩子哟！"

　　我们就像老朋友叙旧一般，坐在床沿，一件件细数着玉凰阿姨在我们记忆中的样子，然后女儿转向安宁居家护理师，郑重地道谢。因为在我访视的前一个礼拜，是护理师到家里的第二次，那天玉凰阿姨的谵妄以及妄想症状特别厉害，不停地怒骂着所有的人，并且怎么样也不肯配合护理师的检查，即使是简单量个血压也不让。

　　女儿和孙女是有点受了惊吓的，并不是被这样的妈妈吓到，而是被"假如这时候刚好没有护理师在，我们该怎么办"的想法给吓到，也因此，护理师毫无畏惧地陪伴、安抚玉凰阿姨，并且教导女儿假如再遇到这样的状况，可以怎么样陪伴妈妈，让她们相当佩服。

这是一颗从其他地方怎样也求不来的定心丸。对于打定主意，要依照病人心愿在家照护他到最后的家人来说，所要承担的忧虑和压力，一直都是很庞大的。表面上，看起来可以因应的家人，有时也会如同无头苍蝇或是热锅上的蚂蚁，需要一根有力的浮木，让他们攀附。

这样的安慰太重要，因此女儿说了一句话："在那一刻，我深深体会了为什么谢医师当时告诉我们，一定要申请安宁居家照护。"对于辛劳的安宁照护人员来说，这句话胜过任何的肯定。

病人交托给我们的，不只是生命，还是人生

其实，我到家里访视玉凰阿姨的时候，她的认知功能已经几近灭失了，但她还依稀认得出我。

在照护过程中，我们一边听着女儿叙述这些历程，也给予彼此回馈，肯定我们一起做着一件重要的事，那就是用玉凰阿姨自己的眼光，写完她所坚持的人生终章的样子。

十多天后，安宁居家护理师告诉我，玉凰阿姨在她那张最熟悉的大床上，非常安然地过世了。

过世前的最后一次家访，因为我没能一起去，护理师看着几乎都处在沉睡状态的玉凰阿姨，轻声在她耳边说："走吧，我们去谢医师的门诊吧，让谢医师帮忙喔！"

护理师告诉我，身躯已经几乎无法动弹的玉凰阿姨听到这句话，挪动着身子，仿佛要起身，就像之前每一次女儿叫醒她，准备来赴我门诊挂号1号的约一般。

我的眼眶湿润，心情澎湃，久久不能自已。

我想，是彼此相同的信念带领我们和她走到了她想要的生命样貌。活得就像是自己的样子，在生命的末期，通常不容易，但这就是安宁的使命。

和玉凰阿姨的故事，让我觉得很幸福。病人交托给我们的，不只是生命，还是人生。起承转合，这个最重要的"合"，常年被污名化与标签化，也常年被人忽略它的困难与重要性。安宁，正一点一滴重塑它该有的样貌，而更加令人期待的，是每个人都知道如何稳稳地拿起笔，从容写下自己满意的结局。

最后一里路的

安心锦囊

———————

玉凰阿姨的故事，在现在的医疗情境中，是很少出现的。玉凰阿姨、她的女儿以及我，一直在做一件很重要的事情，就是"预立医疗自主计划"。这是什么呢？为什么这么重要？

"预立医疗自主计划"是在信息充足的情况下，以个人为中心，与医疗团队以及家属和医疗委任代理人充分地沟通，达成具有共识的计划内容，并且时时回顾或修正，让病人可以自己决定医疗照顾意向，参与医疗决策，保护了其自主的伦理和法律权益，也让医疗人员、病人和家属之间，了解彼此的意愿及想法，甚至可拉近彼此之间的关系。避免家属彼此间因意见不同造成的冲突，也消除家属和照顾者为当事者做重大决定时，可能产生的焦虑、矛盾、内疚。同时促进病人思考自身的健康状况，提升后续照顾质量，并降低长时间无效医疗所带来的病家经济负担与社会医疗成本支出。

根据二〇一九年一月六日实施的"病人自主权利法"规定，在签署预立医疗决定前，必须先在提供预立医疗照护咨商的机构，进行预立医疗照护咨商（也就是上述所提的"预立医疗自主计划"），如此，不但能更了解自己未来的医疗情境与选择，也能够透过这样的机会，让家人和医疗委任代理人都清楚本人的意愿，减少未来沟通的冲突，或是降低无从得知病人意愿的焦虑与内疚。

离苦得乐

一年前，昭姨来到我的安宁缓和门诊。她很痛，痛到想死。痛到没有办法进食与说话，更遑论一般的日常活动。那时，我建议她住院，可是，她近乎是飞也似的逃走。

"阿海，你希望妈妈怎么样？"电话接通，我跟阿海说了，我是谢医师。已经认识许久的我们，没有太多疏远的医病客套的对话，就直接切入正题。

"我希望妈妈离苦得乐。"

我不晓得阿海有没有因这突如其来的问题而愣住，但是他只花了五秒的时间，就非常平稳地跟我说出这句话。

仿佛了然于胸一般，阿海知道我要问的是什么，他便很自然地给了我一个剖心的答案。

"我想也是，所以我才会打这通电话给你。"

一直守护着妈妈的阿海

决定打电话给阿海，是那天查房一早就决定的事情，但我一直在想，要用哪一句话开头。最后，我决定带着阿海回到一年前，我们初见面那一天的心情。

打这通电话，是因为昭姨又在前两天回来安宁病房住院了，原因是高血钙。

在短短的三个月内，昭姨已经住院四次了。每次都是因为高血钙，以及感染的原因。乳癌并发多处骨头转移的昭姨，不可避免地陷入反复发作、意识昏迷的状况。

虽然每次回来打了一些药物后，昭姨都有恢复清醒，但是，好的状况都维持不了多久。仅仅一两周的时间，又会复发，而因为这样反复的发作，昭姨的体力越来越差。清醒的时候，也多在与身体的疼痛对抗。

因为昭姨实在太辛苦了，病房的护理师觉得心疼，问我："阿海这次送妈妈来住院，听到又是高血钙的问题，说之前每次治疗，妈妈都有醒过来，这次还要再试试看。可是高血钙的治疗真的越来越无效了，昭姨每次的治疗都换不来太多舒适清醒的时间。反复地住院打针折腾，她应该很不想要这样吧！"

在我心里，阿海一直都不是会强迫妈妈治疗的人。他很清楚，所有的治疗，终有效果无法维持的一天。而那天就是放手的停损点。从一年前，阿海就准备好了这件事。

我想，他会坚持帮妈妈治疗高血钙，除了之前几次的经验，确实看起来还稍有疗效，他应该有其他的理由。

阿海和其他坚持继续试着治疗看看的家属不一样，我相信阿海一直在为妈妈守护着某些事。

但是有时，虽然准备好了放手，对于没有太多医疗专业认知的家人来说，决定停止一个表面上看起来好像有效的治疗，如同昭姨现在所面临的高血钙问题，在说出答案的当下，其实还是很难的。

了解阿海心中的想法

病房希望我来告诉阿海，应该放手了。妈妈需要的是自然、有尊严地离开，然而在我心底，却深深相信阿海是有答案的，不需要我去告诉他，只需要我唤醒原本就在他心中的初衷。

而当我听到"离苦得乐"，我便知道，阿海、昭姨和我们一起走过的这一年，并没有偏离我们想要带着昭姨走向的幸福终点。我好欣慰。

"我要跟你讨论高血钙的治疗。我想你应该知道我今天为什么特别打这一通电话。"

我想要问问阿海，既然这么舍不得妈妈受苦，又为什么坚持着一项无效的治疗。

"谢医师，我问你，妈妈如果不治疗高血钙，会不会马上死？"

"我想反复出现的高血钙，就代表妈妈的生命已经走向了终点，但是高血钙一般不会马上带走病人，所以妈妈不一定会很快离开。"

"第一次发生高血钙的时候，医师也是这样跟我说的。我想让妈妈离苦得乐，但不希望她死得痛苦。如果不治疗高血钙，可以马上死，那当然不要再让妈妈受折腾。可是，如果不会马上死，这样带着高血钙的症状，实在太痛苦了。我无法看着妈妈这样受苦，所以我才会希望妈妈接受降血钙的治疗。"

阿海说出的这段话，证实了我心中的想法。

对阿海来说，不管医疗人员怎么想，"离苦得乐"与"坚持治疗"在他心中，一点都不冲突。

只要能够得乐，哪怕这个乐是死亡，他都为妈妈祝福。但如果死亡的解脱还离得远，那么，任何一点能让妈妈的身体与生活得到的乐，他都愿意坚持。

阿海不想妈妈和外婆一样

阿海希望妈妈接受降血钙的治疗，并非奢求将妈妈留下，而是他认为这才是让妈妈受最少苦的方式。

一切都有了道理。

我告诉阿海，把妈妈交给我，我们一起让她真正地离苦得乐。不需要降血钙的药物，我还是有办法让妈妈舒服。

"谢医师，谢谢你，告诉我这些。我完全同意你的建议。"

"阿海，谢谢你，接受我的建议。你知道吗？和你聊这段话的时间，我一直想着我第一次与你和妈妈见面的情景，我都深深记得，所以我觉得，我应该要完成当初对你和妈妈的承诺。"

"谢医师，你知道吗，我跟妈妈的感情非常好。我虽然是儿子，但我和妈妈之间，根本更像母女，我们的关系很特别。所以，我就算失去妈妈自己痛苦，也不要她像外婆一样。外婆也是乳癌，她拖了好久，而且痛到死。我绝对绝对不会让妈妈和外婆一样。"

"不会的。阿海，妈妈想要什么，我都记得。"

痛到无法进食与说话的病人

一年前，昭姨来到我的安宁缓和门诊。她很痛，痛到想死。痛到没有办法进食与说话，更遑论一般的日常活动。

那时，我建议她住院，可是，她近乎是飞也似的逃走。

后来，我才知道，昭姨认为所有的医疗都帮不上忙，只要坚持不再接受药物和医疗照顾，人很快就会死，所以她才会拒绝住院。

那时，我很担心昭姨回家后的状况。知道她不肯进来住院后，我巨细靡遗地交给儿子一大沓的药单，告诉他，万一妈妈哪个地方痛得剧烈，经过怎样的评估后，可以先给妈妈药物，缓解她的不舒服；万一真的还是来了急诊，或在家里有特殊状况，又该如何联系上我们。

只是不到三天，昭姨就被阿海送来了，因为昭姨连坐在马桶上排便都痛不欲生，后来真的是痛到一点行动力都没有，又难以解便，实在太虚弱，才被儿子送来。

当病人要求："医师，打一针让我走了吧！"

昭姨的疼痛，在安宁病房很快地被控制下来。几天后，怎么样也不肯住院，又觉得自己一定会死的昭姨，竟然问我："我可以一直住院下去吗？"

后来，昭姨的状况好到可以行走。昭姨回到了家，过着打点家里一切的生活。

我忍不住问她，如果知道自己还能有这样的机会活着，会不会庆幸还好当时没有立刻寻短。

昭姨说："终究会有终点的。现在这样很好，但若当时就走了，我也早就准备好。"病人和家人常常对于未来有些不是很贴近现实的想象。从来没想过自己能够到一个不再疼痛的桃花源，甚至可以自在行动，继续打点着一家生活的昭姨，对于当时一心冀求而又无法获得的死亡，是否有种劫后余生感？又是否庆幸？

有太多太多向我要求"医师，打一针让我走了吧！"的病人，其实一点都不想死，而是身心极度痛楚。在那样的情境下，因为不晓得安宁照顾所能带来的舒缓，以致虽然并不想死，但唯一能够想到从那样极致苦楚中解脱的方法，就是死亡，于是不得不向我要求那一针。

当这样的病人，在安宁团队的照顾下，身心苦楚获得了大幅的改善，总会说，幸好，当时没有真的一针走了，否则，后面这大半美好的日子就一并没了。我假想昭姨也一样。

病人心里的牵挂

"其实怎样都好。我的病是末期，早晚都会走的。留下来的日子，我就当功课还没做完。唯一说到担心的，就是如果我走了，我先生怎么办。"

昭姨的先生有严重的忧郁症，自从知道昭姨可能会死后，更加地难以控制情绪，甚至不知道从哪个神尊那里求来了个日子，说那是昭姨会前往西方极乐净土的日期，昭姨的先生便这样哀伤地准备着朝向那一刻。

神明指示的日子过了，昭姨还活着，先生顿失重心，也被那到底什么时候会失去昭姨的焦虑给吞噬着，彷徨无依。心理师黼岆到家里探望他。

阿海请昭姨相信他，他会想办法照顾好爸爸，让爸爸好好活着。

这一年，虽然妈妈活下来了，也不那么痛，还能操持着日常的生活，但生了重病，而这个重病可能会很痛苦地带走妈妈，像外婆一样，或像当时我们初次见面一样，那样的苦楚，仿佛一块巨石压着阿海。

经过了八个月的居家照顾，昭姨开始因为第一次高血钙，以及感染的状况回来医院的时候，我就问过昭姨："你会希望治疗，还是把它当作到西方极乐世界的一扇门？"

昭姨说，不会让我有更多痛苦的治疗，也可以试试，我没有特殊的想法。

我其实不知道，昭姨到底想要什么。我只知道，她不想要苟活。但什么样是苟活，别说我们不清楚，连昭姨经历了这个病，带给她这么多颠簸，她都说不上来。

不知道病人要做什么选择，但还是要继续照顾着她。坚定地扛负着医病关系交到手里的重量，这就是医疗。

幸好，阿海并不犹疑，也不曾因为这峰回路转的一年，而被治疗的效益迷惑。他一直清楚而坚定地守候着，妈妈也说不上来的需要。

请允许自己哭泣与悲伤

"我会停下药物，并确保妈妈这段时日的舒适。阿海，你可以吗？"我终究还是不放心，又问了阿海一次。

"我可以。医师，我哭了。你知道吗？我的家教告诉我，男儿有泪不轻弹的，但是我哭了，可我很清楚我在做什么，那是我希望为妈妈做到的。"阿海毫不掩饰地跟我说着他现在的状态。

"阿海，你知道，在我们这里，你随时都可以哭，这是很健康的一件事。我们会一直陪着你。有需要的时候，一样永远都可以说，知道喔？"我知道阿海明白，而一直透过话筒的我，这时，多么想拍拍他的肩，握握他的手。

"我知道。只要妈妈离苦得乐，我就会很好，很安慰。"

我挂断电话，屏幕上显示我们谈了半个小时。在这看似冗长，实则短暂的半小时中，我们仿佛再次走过了一年。回到起点，让一切变得清晰，也变得较为容易。

昭姨仿佛听到了我们的这一整段对话，就从那日开始，原本疑似癫痫抖动着的身躯，逐渐缓和，血压与心跳逐步微弱。虽然双眼紧闭，也未再清醒，但样子看起来，却是这三四个月来，最为舒适的一次。

离苦，得乐。昭姨也守护着阿海，即使无法言语。她用身体的变化让阿海知道，她真的即将得着乐了，在那原本以为死亡已经来敲门的一年之后。

最后一里路的

安心锦囊

———————

有时，冗长的迈向死亡的过程，反而会让已经准备好的心情又变得七上八下，甚至对于决定不要再施行某些医疗措施，感到不安。这时，应该怎么做呢？

回想初衷：很多时候，病人的舒适是来自某些过度医疗的停止。但常常会有人认为，我的家人看起来变舒服了、不痛苦了、没有那么挣扎了，是不是代表他的病情有在好转，我们是不是应该再做治疗，才不会剥夺了他的机会？

末期病人如果再度接受强度较高的侵入性治疗，往往会在那些过度治疗的并发症中循环，然后身体一次次地下坡，并受苦着。

只要我们能够回想当时停止某些过度医疗时医师的说明，以及为何会为病人做出这样的决定，我们就能够有比较笃定的心情。

理解死亡的过程因人而异：死亡是个进程，有些人会持续数周之久。研究也显示，医疗人员预估的死亡时间，也时常不准确，因此不需要执着"病人到底还有多久的时间"，而应该将每天当作最后一天来准备，珍惜能够跟病人相处的每一刻。

唯有接纳死亡是个过程，且无法精准预估，才不会因为病人咽下最后一口气时，自己不在他身边而懊悔；也不会因为这段过程中，一些小症状的变化而感到疑惑焦虑；当然也不会发生为了要求医疗团队到最后一刻，精准地联络家人回到病床边，或是让病人用升压剂撑到某个家人回来，而让病人的临终过程饱受苦楚的状况。

铁达尼号[1]

> 我相信，是他用非言语的方式，让孩子来找我，
> 然后让我在那不到一秒之间，决定陪伴孩子的。

他说，他困在铁达尼号上很久了。他的手叩叩床垫，
这张病床，或该说是所有这段时间，他躺过的病床（是复数
还是单数，是特定还是概括，应该都不重要了）都是他的铁
达尼号。

"我无法下船。"彼时，我真的以为我听错了。我应该
听到的是"无法下床"，而不是"无法下船"。

他没有"生"的想望，但他想"回家"

当病人终究要面临生命终点的时候，安宁照护会希望
至少他不要抱憾。但我发现有些状态，即使已经没有未完

---

1 铁达尼号，Titanic，台湾地区译法，大陆译作"泰坦尼克号"。1912年沉没的
   英国巨型邮轮。——编者

成的心愿，仍旧不代表心中轻盈与平安。或许，了无遗憾这句话，一直都是说给留下来的人听的，而不是离去的人。

这位一生没有遗憾的父亲，此刻却在一艘眼睁睁看着它被暗夜大海吞噬的沉船上，甚至连从舱房或是娱乐厅奔向救生艇的意志都没有了。奋力逃生，除了求生的本能驱动，总是为了更多必须活着的联结与理由，而他只能静静地待着，看着水淹入船体，淹没他。

其实，我若是让大家以为他已经全然没有想望，那是不正确的。他的确没有"生"的想望，但他有"回家"的想望。

我知道他那如同桎梏在沉船上的感受，也是因为触及了"回家"的话题。

有那么些时候，我们总能看见病人的意志。而在这儿，我们最在意的不是抵御疾病的意志，而是彰显自己主体的意志。

仍有力量彰显自己的人，不论身上有的是碗盆大的伤口、四处穿孔的肿瘤，还是胀得不成比例的肚腹，我们都感受得到意志的窜流。

如果，还有一点机会，可以让这沉船往自己想搁浅的方向航去，那么，彼岸是他的家。

他一口回绝

孩子的理解与努力，让我们一度以为这件事就要成功了。我们一同牵着他，打破多年前因为粗率而撞上的置放鼻胃管经验的梦魇，在他的首肯之下，经历了一个截然不同的照护时刻。一段清晰而真挚的解释，选择过的轻薄管路，以及拥着爱的温柔技术，当那成千的腹内翻搅物，不再是从喉中狂溢而出，而是透过管路顺畅流泄，换来了数周不见的剧痛中的歇息。

孩子说："这两天，我学着帮爸爸打针、换药。我们要带他回家。"

看着清醒的他等待着我们做这些准备，于是我们向他提议，严重阻塞的肠子和极度胀痛的腹部症状已经获得改善，是否趁此机会下床，坐轮椅，稍稍转离只能终日紧盯的单调天花板，到病房其他的角落转转，也顺便看看下床后，是否有任何不适，为返家可能会移动的过程，做一些预防引发不适的评估与准备。

而他一口回绝，不是因为怕痛，而是那已经没有必要。"我没有办法下船了。这艘就是我的铁达尼号。"

海水很冰冷，沉没也势必发生。在这个已经被设定好的场景中，我们没有放弃搬演[1]，就算只是共同立在沉没中的甲板上，或是趴在筏边对望，我们都想要试试。

孰料，总不让人准备好的人生，才是人生的常态。

就在返家准备已有眉目的时候，他发烧，然后呼吸喘了起来，并且稍显躁动。

看来，临终期不可避免的并发感染症，以及接下来即将摧枯拉朽的器官衰竭，已经宣示它们占领这个残破躯体的决心。

此时，最好的方式，是不要在病人身上加诸更多的医疗武器。否则，这副身躯，将沦为被数据拉扯的战场，直到完整性荡然无存。

病人和家属同意，也理解这样的决定，但这也促使我和家人展开是否要尽快完成带病人返家的想法之对话。

医师心中的撕裂与拉扯

思考了一夜。孩子向我示意到病房外谈。

"医师，可不可以拜托让我爸爸多住几天？我们想等他好一点再回家。"

其实，这时孩子怎会不知道继续等待下去，爸爸能回

1　搬演，把往事或别处的事重演出来。——编者

家的机会就仿如流沙般逝去呢？那句"好一点再回家"，是多少的慌张与焦虑，是担心自己再也无法护持好父亲的忧患，于是强大到开始抵抗承担这件事的可能性。

我再次解释了此时此刻，绝对不会是我因为考虑制度下的限制，才提出出院指示（其实我又是如何地不能和家人说，被这样看待时，我心里的酸楚与不平，不以医疗给付体制作为行医理由，却仍需要一再为自己澄清），而是因为曾经听到了病人心里的渴望，期望我们能尽最大的辅助，让家人安心地完成这件他们还想要完成的大事。

"医师，我知道爸爸说过他想要回家，可是我们觉得爸爸说的回家，应该是在身体比较好的状态，不是现在这样的状态。"

虽然，仅仅只有不到一周的照护历程，再加上急转直下的病情，让我无法向病人确认此事，但我心里相信病人无论如何是想回家的，至少我看过他刚转进安宁病房时，那一刻都不愿在医院多停歇的心情。

但是在自己独立的照顾中，让父亲无痛苦离开人世的压力，以及面临最终时刻的孤立无助想象，使孩子构筑了一个新的故事，构筑了一个不违反父亲意愿，也不让自己遗憾的剧本，说服自己，"没错，就是如此，爸爸是在好起来的状态，才想要回家"。如此，才不至于让自己为了无法肩扛的事情而愧疚一生。

　　而我，也总是摇摆与拉扯。捍卫病人的意愿与意志多一些，就像把家人推入炙烫的火板上，步步灼烧痛楚。倘若戳破家人透过心理保护机制而重写的剧本，是否有机会避免未来的遗憾？还是从这一刻起，听从家人多一些，避免与家人渐行渐远？

决定不会完美，但尽可能最好

　　最终要回答的问题，更是一个永远无法得到答案的假定。此时此刻，曾经无论如何都要回家的病人，真的还想回家吗？或是回家，还有必要性吗？

　　莫说家属依着自己的能耐与心境，做出一个本来就无从对质的决定，身为医治者的我，又何尝不是？我难道就一定比较客观而正确吗？我真的是在捍卫病人的想望和无憾吗？那镇定得仿佛不被风吹动的白袍底下，也有我们可能不一定能肩扛，却必须承担的一切。

　　在莫测难解的医疗现场，和那些讨论道德难题的课堂不一样的是，我们终究得快速取舍，达成一个决定。不会是完美，但已尽可能最好。

病人呼吸急促，体温高低起伏，意识混乱，直至嗜睡，然后木僵。或许，在家人持续拜托可不可以留在这儿照顾的心绪下，不再朝向返家的准备是好的。即使未能完成他的愿，至少，我们能为孩子留下一段不那么局促、恐惧的死亡陪伴经验。孩子问："怎样知道爸爸快走了？"

护理师巨细靡遗地带着孩子，阅读濒死症状的卫教单张[1]，并带着孩子，在爸爸身上轻轻触着，解说这些单张上文字所代表的景象为何。而我，则把所有临终前，可能会再看到的与疾病相伴而行的症状告诉他们，以期当孩子在陪伴中目睹时，能不再受到惊吓，感到错愕。

那是他最后能表达爱的方式

隔日，我在病房的另一头诊视病人。孩子一脸沉郁而忧虑地在我所处的病房外头等待，见我步出，便是一句："医师，我爸爸的呼吸不一样了。你可以去看看他吗？"

早已在呼吸衰竭历程中的病人，呼吸状态自会与常人有异。前些天，已反复和孩子提及。再者，在病房中遇到这样的状况，有的是更愿意花上时间、耐心与细腻的温柔

---

1 卫教单张，卫生教育宣传资料。——编者

陪伴他们的护理师,并不需要我去确认或再次解释。尤其,当时病房中还有个癫痫正在发作的病人,我挺想尽快将他的症状处理好,控制下来。

所幸,有时直觉会为我们做一个甚好的决定。在那不到一秒之间,我决定陪伴孩子走到病房走廊最末尾,父亲所在的那艘沉船之处,絮絮叨叨,如何在这衰竭的呼吸状态中自处,以及适切地解读,这再自然不过的生命之气逐步吐出的表现。

与其说,我是来确认其实生命之气早已泰半不在这躯体内的病人,是否有所不一样,还是不适,不如说,我是来让慌乱的孩子,知道自己做得还可以,一切都对。

看着孩子,又踩稳了步伐,我便告退,前往挂念着的正遭受症状侵扰的病人之病房。殊不知,我甫回到走廊的另一头,护理师便跟上我的脚步,向我说:"杜伯伯刚刚过世了。"

我忽然好感谢,却不知道感谢的实际是什么。是决定要跟着孩子,去探视他的我吗?是感谢想到强力冀求我,去看爸爸一眼的孩子吗?是病人安排得刚好的告别步调吗?还是在不能返家的遗憾中,仍旧有一段被珍惜过的温暖相处时光?

我相信，是他用非言语的方式，让孩子来找我，然后让我在那不到一秒之间，决定陪伴孩子的。

那是他最后能表达爱的方式。在他离去的那一刻，孩子有最需要的专业陪伴，即便我做的只是那千千万万人都会做，也都能做得比我更好的事：静静伴着一个即将要丧亲的人，从而让他感觉自己不是世界上唯一最孤单、最痛楚、最无法承受的人。

而我还是不免想着，若是我们能早点知道杜伯伯觉得自己在铁达尼号上，能不能有多点时间改变些什么呢？在沉船上的他，还有不知道他在沉船上的孩子，都是那么孤独、那么举步维艰啊！

最后一里路的

安 心 锦 囊

————————

我看着生病的家人仿佛作茧自缚一般，越来越消沉，越来越不愿意说话，甚至说出想要打一针解脱的话语，让人觉得心痛，也手足无措。这时候，我可以怎么办呢？

很多时候，病人提出想要解脱或是想死的念头，其实并不是真的不想活了，而是生病以及因为生病所引发的各种身心灵的失落，正如同土石流般崩落。

身心灵的受苦，让病人不想以这样的状态活着，才会说出想死这样的话语。这时，不必急着去责难病人，也不必急着转移话题，恰好可以透过这个绝佳的时机，请病人描述他现在所感受的情境，以及为什么会有这样的念头。

第一次和病人讨论这样的话题时，不需要特别去认同或是否定病人想死的念头，只需要告诉他，一旦有这样的想法浮现，那么，我们就会在他身边倾听。让病人知道，无论如何，身边都会有根浮木。这比任何规劝或鼓励的话语，都更为有用。

因为身体的失能与认知的混乱，病人感受到自己的身体大不如前而且已无复原可能，所造成的失落感，可能会是非常强烈的。但也因为事实正是如此，病人与家人都知道不可能再期待回复，因此对于因应这样的境况，往往感到万般无助。

这时，我建议不再去思考那些已经失去的，而转为去捡拾生命中还未失去的。例如，病人或许不再能旅行，但他可以回家；病人或许不再能下床，但他还是能为孙子讲故事；病人或许已经认不得人，但他还是能将如何面对疾病的坚毅传承给下一代。而这些，都将会是家人永恒留存的珍贵回忆。

第 三 章

死亡当前，
也要活出自己的样貌

阎罗天子

他是自己来就诊的。对话当中，不时用手去撑住偌大的肿瘤。

我问他："家人呢？"

他说："都在上班呢。要挣钱啊，不然，连棺材本都不知道去哪里要。"

"我先回去交代一下。"我直觉孔大哥认为，这次我说想要让他进来安宁病房，言下之意，这已是他的最后一程。然而，其实我只是要帮他做疼痛控制和吞咽评估的照护。

"你要交代什么？"我问他。

孔大哥很能聊，其实那是我们在门诊第一次见面。但经过十分钟后，已经可以如此直率地对话。

"我啊，底下有管一批人啦。我要把重要的事，跟他们分配、交代好，还有后事的安排。"当时我忖度着，管一批人，该不会是大哥和小弟之类的吧？

"这次住院，其实只是要让你的肿瘤比较消肿，不要那么痛，能够顺利吃一点东西。大概一个礼拜，你就可以出院回家了。当然，你想要交代重要的事，我觉得很好。你需要几天的时间？"

不时用手去撑住偌大的肿瘤

孔大哥的状况，其实挺令我心疼，很希望他赶快到病房来住院。从脖颈外头可以看到一颗直径长达十几厘米的肿瘤，把原本颈部薄透的皮肤使劲地撑开，颈内的肿瘤压迫，让孔大哥几乎只能吞少许流质的食物，还得乔[1]上某个角度，也常常压迫得他喘不过气。更别说肿瘤的癌痛，拉扯整个颈部、耳部和头皮的神经痛，还有肿胀的紧绷感。

只能用睡眠来麻痹自己，却又常从剧痛中惊醒的孔大哥，最近在肿瘤科医师的建议下，已经停止了抗癌的用药，也是因为这个原因，他才被转介到我的安宁缓和门诊。

他是自己来就诊的。对话当中，不时用手去撑住偌大的肿瘤。

我问他："家人呢？"

他说："都在上班呢。要挣钱啊，不然，连棺材本都不知道去哪里要。"

于是我征求孔大哥同意。住院的时候，顺便和社工师碰碰面。看看在经济的部分，是否能进一步评估，并且获得补助。

1　乔，台湾地区习惯口头用语，有"乔时间"（安排时间）、"乔事情"（处理事情）等用法。此处指刚好调整到某个合适的角度。——编者

我开了一些止痛的吗啡，以及消肿用的类固醇药物，给孔大哥带回家，让他住院前的这几天，能稍稍有点好质量的生活。

在他离开诊间之前，我忍不住问他："孔大哥，你到底管什么样的一批人啊？"

他腼腆地笑了笑，说："我管一个宫啦。管很久了，所以，有很多重要的事情要交代。"

原来是信仰，我差点以为他是江湖中人。

两天后，我在病房的名单上看到他了。病房告诉我，他进来打了吗啡，疼痛好了许多。刚过午后，我去看他，他一脸惺忪。

"你怎么看起来精神不太好？昨天又痛到睡不着吗？"我问孔大哥。

"没有啦，我都是到中午才起床的，然后起床才会开始吃药，所以我的第一餐药是中午吃的。"

有时，没有和病人细聊，医师都以为自己开的药物，正按时乖乖地滚落病人的腹中，但其实可能都只是美好的想象。

用仅存的身体功能，非常认真也热切地生活着

问了些疼痛的症状，确定了拉扯的肌肉痛与神经痛才

是生活质量最大的干扰因素，于是，我和他开始讨论治疗计划。但是，关于生活质量控制的感受和想法是非常主观的，我也必须了解一下，他过去是如何与这样的疼痛共存，才能开出一个适合病人的处方建议。

"有时候，我如果睡一睡，痛起来啊，就要吃冰豆花才会好。你知道吗？在病房，我好不方便啊。其他冰的东西都没有冰豆花有效。"

冰镇的低温降低疼痛的感受，虽然合理，但为什么冰豆花才有用，冰饮却没有用，是个令人匪夷所思不过在此刻不需要深入探索的议题。照护需要的从来都不是争辩，而是理解与接纳，唯有病人感觉被接纳后，才愿意和提供照护者一起去深究某些顺遂与不顺遂的深层理由。但我想起住院医师告诉过我，孔大哥疼痛稍微改善，就急着想要出院。听说他觉得住安宁病房，还是怪怪的。

说真的，想象过无数次的死亡，一旦真的越来越迫近的时候，能不觉得怪怪的人，还真不多见，所以孔大哥的反应，再正常不过了。然而，这却也让我想多和他聊聊。我问他住哪，看起来他那么投入的宫庙之事，又占了他多少生命的分量。

这时他精神来了。"你去上网，都查得到喔！我们是包公啦！"

后来，我在孔大哥出院后，到他的家里做安宁居家访视，才知道他在自家厅前供奉的是"阎罗天子"。弄了个小坛，过去是个热络的问事之处。

我后来听了他的话上网查。原来包公即阎罗天子，亦称阎罗王。之所以称阎罗天子，是因为宋仁宗时龙图阁直学士包拯乃家喻户晓之黑面包公，铁面无私，也因其中庸仁德，死后掌管地狱第五殿，教示众人善恶曲直之理，彰显因果业报之时。

孔大哥也是这样一个耿直的人，虽然举手投足间豪迈而又性散，但是对于专业照护的尊重，却让我们非常感动。

他总是说着好多次的谢谢，即便肿瘤几乎是飞快地长大。渐渐地，他躺卧、进食跟说话都成了问题，但每日不见怨言，依旧用仅存的身体功能，非常认真也热切地生活着。

坚持用嘴巴吃

有天过中午，我知道这是他一天刚醒之时，特地挑这个时间去看他。问他，吃过他的早午餐没。

他说，有啊，儿子去帮他买土魠鱼羹面了。

我吓了一跳。一个因为肿瘤压迫而造成几乎连流质食物都难以顺利吞食的人，又怎么能吃土魠鱼羹面呢？

孔大哥说："我啊，死了没关系，那是解脱。我现在痛苦得要命。不过，我不能饿死，所以我一定要吃，而且，我到现在都还是很有胃口呢！"

孔大哥还真的很努力吃。我在一次次的居家访视中看到，他的肿瘤几乎大到让人觉得他的颈部或许已经没有正常的空间了，他却仍旧鱼皮汤、蚵仔面线，继续高昂地吃着，然后说一句："我不能是饿死的。"

他为了快乐而吃，并非为了疾病得蓄上营养而吃，所以总是很容易满足。

担忧在疾病带走自己之前，他便失能，无法进食，孔大哥一而再再而三和我们强调，一定要吃好吃的，直到生命终点。倘若无法进食，孔大哥心情该有多低落，实在令人不敢想象，所以，肠胃造瘘喂食的建议，或是使用周边静脉给予点滴的目的和准备，通通都被我们倒出来，和孔大哥一同选择。但他坚持着，就是用嘴巴吃，不要再有额外的手术或管路。

这可考倒我了。孔大哥身上当时有那么大的肿瘤负担，不管是忽然之间因为免疫力低下而染致败血症，或是肿瘤导致众多的生理机能同步而快速地衰退，我都实在不敢保证他的进食与解脱，能够衔接得完美无瑕，但我知道的是，不管我怎么做，都不要是因为我的医疗，让孔大哥和他的家人陷入他最不想要的境地。

仿佛是朋友般的医病关系

出院前，孔大哥的太太来到医院。我们恰好向她问了孔大哥一直担心的家人要上班无法照护他，以及后事费用的事情。

素未谋面的孔太太，一脸笑意，豪气地说："这些都没有问题啦。我们虽然日子也没有很好过，但这都是过得去的喔。你们不用为我们担心。孔大哥个性比较多虑啦。我会叫他放心的。"

听到此话的孔大哥，刻意翻了几个白眼，但仍旧为自己辩白几句，其实他没有很焦虑啊！

看到他们的表情，仿佛都可以看到多年来他们一起相处的样子。没有太阔绰，但是互相了解与扶持着。没有太多的医疗所知，却一点也不困恼、烦忧，一径地用心与现在的医疗团队合作便是。

对于自己所能调度、因应的负担，也不外求更多的补助，或许正是这种知足的处事态度，孔大哥的最后一里路，总是在那不甚阔绰，却恰到好处的照护下，不被恐惧与现实上无法满足的生命欲求所噬。

相较更多对于生命长度、经济补助、人力资源争夺，有着许多渴望、愤懑、忧虑以及怨怒的家庭，孔大哥在那罹病后非常轻浅的无奈中，认分而如常地过活着。

对于团队介入照护的门扉，也敞开得恰到好处。既不被动抗拒，也不主动强求。能够照顾孔大哥一家，我一直有着难得的舒适。仿佛是朋友一般的医病关系。

能一起这样在家，很安心

孔大哥的病情在变化，我到家里看他。他说，想离开床，到外头供奉着阎罗天子的小坛前坐坐。

他说，很难受时，到这儿坐坐，心都开了。那被肿瘤压迫住的气道，呼吸也顺了起来。

我问他："让自己舒缓的针，有用吗？"

他说："有啊，有好一点。今早吃了碗鱼肚粥。"

我和孔大哥一起坐在坛前的小椅子上。他说："医师，真的劳烦你了。这个病，谁也没办法的，但我这样子过很好，倒是让你们也跟着累了。"

我看着孔大哥，笑了一笑，告诉他："照顾你，一点都不累呀。"

他又转头看看太太和儿子，说："他们也累了，不过还好有他们，我才能在家。"太太也是一贯的笑意。没有腼腆，没有泛滥的泪水，也没有过多的忧愁，对我们说："你看，他又多心了。不过能一起这样在家，很安心呢！"

我实在太爱太爱就这样浸沉在他们所营造的氛围中。仿佛生了病这件事，只是在椅背上挪挪身，又很快地找到了一个适切的角度，而不是如芒刺在背，然后就在这日常中，因着疾病照护所产生的对话，把那一生的在乎也都说尽了。那些道谢、道爱、道歉、道别，就在日升日落的时间格中，描摹出最温煦而真挚的色彩。

偶尔，在这样的静默中，孔大哥问一句："什么时候会解脱呢？医师可以给我打一针吗？"

那是偶尔，身体的苦，真的有点打破了平衡，但这样的一句话，并没有就此掀起波涛。大家会朝他靠近，等待他，度过那次的难受。

某日，如预期中的，肿瘤大出血，让他的血压降低，静静地沉入永远的梦乡。可前一晚，他还喝了碗鱼皮汤呢！

最后一里路的

安 心 锦 囊

————————

家人罹患了头、颈部的肿瘤,常常会影响进食,我们很担心之后病人的营养不足,身为病人家属的我们,该怎么办呢?

治疗时,对于体力还不错的病人,医疗团队通常会安排治疗后的复健治疗,让吞咽进食的功能,能够尽可能地恢复或是维持。万一从口腔吞咽不再可能,也会预先建置造口,不但不影响外观,还可以顺利地摄取营养。

但是,治疗时已经接近末期或是体力、功能、意识状况差的病人,即便有足够的营养,也无法提升病人的生活质量或是存活期,甚至可能会造成身体过度的负担。这时,适度的伤口照护、肿瘤症状控制、口腔黏膜的湿润清洁、饮食种类的改变,以及必要时少量的点滴补充,才是照护的重点。这些都是可以找医疗团队事先讨论的。

头、颈部肿瘤的病人,在末期肿瘤不断增大的症状控制中,常会使用类固醇的药物,有些病人或家人常会担心药物的副作用而却步。

使用类固醇帮助肿瘤的消肿,一定会在最小的有效剂量下进行,医疗团队也会定期监测其副作用是否发生,因此绝对可以合理地使用。

这些病人接受了类固醇药物的辅助,不但疼痛缓解的效果更好,压迫的情形改善后,往往发声、吞咽、呼吸或是分泌物排除的功能,也会比较好,甚至可以减低身体因为肿瘤的发炎反应,所造成的发烧、不适,因此,类固醇药物对头、颈部肿瘤的病人来说是相当重要的一种药物。

留下来，是为了战斗，而不是死亡

　　而我甚至读出了他愤怒中无以名状也不曾化为语言的孤独，

　　　　　　　　　　那份可能终究得面对失能的挫折感，

　　　　　　　得独自迎向死亡之门而且无计可施的懊恼。

有时，我们怎样都无法忽视，意志的力量。

武伯的谢幕，恰如其分地体现着他的意志所引领的精神。比起对抗身体病痛直到生命最终的勇气，我更少看见如此在病痛前昂首、不肯服输的尊严。

对于这场疾病，我相信武伯不会希望我用"虽败犹荣"来形容他，而是从头至尾，他都是凛然傲视着这顽疾的斗士。生命消逝，但在守护自己的完整与尊严这件事上头，他是从来没有处于劣势的。

我们所担任的守门员角色

武伯抗癌已经两年，肝肿瘤栓塞获得控制后，他与家人进行了非常多的对话。一家都感念疾病给予了些时空，让他们彼此可以去做准备。

近几个月来，肿瘤吃穿了他的左手肱骨，造成了病理性的骨折。疼痛锥心，重挫生活质量，所以转进来安宁病房，接受疼痛药物的调整。

药效渐显，只要不大幅度地移动，就不会感觉到疼痛。腰椎部分的转移肿瘤，则正在接受放射线治疗，那部分的疼痛，也逐步缓解。

头很晕，只要每日醒来睁开眼，就要对抗毫无间歇的眩晕。很喜欢起来活动的他，即使是面对这么不舒服的症状，还是常常要起来散步，甚至要到医院外头透风。他也拒绝轮椅，而是由外籍看护一步步扶着走。

他对自己的病情了如指掌，总是爽朗地说："如果你们告诉我还可以治疗，我就想做做看。如果不能治疗了，那我一刻都不希望多留。然后，最重要的，不要痛！"

脑部核磁共振的检查显示，他的晕可能和某块介于眼、鼻之间的蝶骨有肿瘤转移相关，但因为他的体能已经逐步下坡，再加上他对于生活质量的诉求，继续对这个部位进行新的放射线治疗，并无法期待眩晕会有效缓解，甚至并发症可能会凌驾于效果之上。

更残酷的是，延缓脑部转移对生命所造成的威胁，有可能延长的，是更多新发症状的病末历程，以及失能。或许，这样狼狈的状态，并不符合我所照顾的他一直诉求的精神与立场。

不过，他和子女依旧细腻地与我们所有人讨论了做这件事的利弊，尤其具有医疗背景的孩子，更是细心地关注到放射线穿透治疗部位的方式与并发症的可能性，同时回顾过去两年武伯面对疾病的态度，最终决定，只要能有机会让头晕减缓，推延失去视力的时间点，那么，博得这点质量而不是生命长短的时间，是他们乐于去面对的。

而且，目前药物针对眩晕或脑部转移的治疗，显然并无明显缓和的成效。因此决定在肱骨疼痛已经获得药物有效控制的状况下，先回家度过农历新年，然后，再回院开始进行脑部蝶骨的放射线治疗。

但在两次的门诊放射线治疗后，武伯的头越来越晕。他的体力大幅下降，伴随着逐渐明显的水肿。

于是，我们再度为他安排安宁病房住院，希望在这些继续尝试放射线治疗的日子里，他的其余症状可以多舒缓些，并且减少往返医院进行放射线治疗的体力消耗。同时，我们也可以更贴近地担任治疗是否有效益以及符合武伯价值期待的守门员角色。

而我一直以为，和这样一个有主见、有想法的病人相处，可以很容易地厘清并尊重他的自主决定，我们应该可以顺利地合作到终点。

武伯的困惑

某个下午，我们评估了武伯身体所出现的症状、所累积的功能衰退，以及治疗对身体所造成的已达临界的负荷。即便不是那么直接地已经造成并发症，决定停止强度较强的放射线治疗，或许是走向下一阶段的共识。

然而，隔日病房护理人员告诉我，武伯完全不记得曾经讨论过这件事，而且坚持要继续进行放射线治疗。

我有点担心他的认知与意识状态，或许是更进一步地受到了癌细胞向脑部转移的影响。倘若不是，那么，他现在所处的生命状态，或许在心理与灵性的层面，需要一些对话，以致他选择了一种表面上符合他的战斗精神，实际上却是把身体仅剩的可控制权继续推往崩落之路的方式。

我坐在他的床边，问他为什么想要继续进行放射线治疗，希望再次聆听他陈述。

我问他这一周多来，针对放射线治疗之于生活质量与症状控制的影响，他自己主观的感受，以及继续做这样的治疗，对于他的余生期待是否有益，他希不希望继续下去。

"这是你们医生的事情。为什么要问我呢？"

武伯觉得困惑。是否该治疗，一向都是医生决定与建议的。他只有一套评价的标准，那就是医生说有效，咬牙，他也会战斗下去。医生如果说无效，那么，就潇洒转身，毫不恋战。他并不打算节节败退在竞技场上。

但很显然，现在的状态并没有这么单纯与绝对，而且没有他本人的感受和想法作为线索，有效与无效并不是通过数据或是临床观察，就有办法回答的。

或者更深层的问题是，继续这样下去，所勾勒出来的临终蓝图，是不是吻合他的期待，我的"有效"与他的"有效"，这两者之间，是否已出现了歧异。

我仿佛坠入五里雾中

"我们想知道做了这一阵子治疗，你对于效果的感觉如何？生活质量有得到改善吗？"

我稍微调整了问题的内容，希望他不需要因为感觉到必须做出是否应该继续进行放射线治疗的医疗决定，而感到迷惘与压力，仅需回答目前的感受即可。毕竟，这是除了他本人，没有人可以代替他回答的。

"有没有效果，问你们医生啊，怎么会来问病人啊！我做了都好好的。我觉得很舒服，没有什么症状。"

但是，他的回答让我越来越坠入五里雾中了。

"可是，你昨天跟我说，头越来越晕了。眼睛复视，嘴角麻，吞咽困难，然后嘴里出现了不计其数的溃疡，很痛。"

一般而言，在对抗四处转移的肿瘤所造成的疼痛之外，还要面临身体的失能，没有明确可矫正因素的全身性水肿，还有上述这些还未能厘清是治疗副作用抑或疾病进展的表征，恐怕没有人会觉得自己很舒适或是毫不痛苦的。所以武伯一边清楚地抱怨这些症状，又一边主观总结他很舒服，真是把我弄糊涂了。

武伯的愤怒

"上一回，我们是因为治疗已经无法看到效益，且你已经感觉到了症状所带来的折腾，所以达成了不要再继续与之拉扯的共识。我想知道我在这之中是否遗漏了些什么，而没有跟上你后来又改变主意、决定继续治疗的考虑。"

武伯忽然愤怒了起来。

"如果这个治疗没效，你们医生就明讲啊，我就不要做啊。你们都一直说，可以试着做做看，那我就做啊。什么质量、什么觉得有没有效，跟我有什么关系。而且你要告诉我，这个治疗不做了，我还能做什么，你们还要帮我做什么，我就会去做。我要好起来，不能好起来，我就要走了。我不要痛，我不要做无效的治疗。反正，你问那么多，不过就是要赶我出院！你们每一个医生都决定好要放弃我了。"

我还是坐在床边，握着他的手。但听到他这番话，心底却很直接地有一股愠怒，然后很快地，被更大更大的伤心冲击着。

这场对话，我得要暂时告退了。因为即使我有办法整理情绪，继续与他对话，但如今武伯眼前的这个医生，已经不是现在的他想要对话的对象了。

病房的护理长留下来陪伴武伯，而我向他保证仍旧会持续和他慢慢讨论之后，离开了病房。

已经将眼睛闭上，不肯直视我的武伯，还是给了我一句"谢谢"，着实让我感到心扎。

武伯心中的终极疑问是"为何我会得这个病"。

缓和照护最重要的核心价值，就是安宁祖师西西里·桑德斯女士所说的："你是重要的，因为你是你。即使活到最后一刻，你仍然是那么重要！我们会尽一切努力，帮助你安然逝去；但也会尽一切努力，让你活到最后一刻！"就算处处碰壁，身心艰难，甚至被迫面对医疗的极限，连让病人舒舒服服都不可能的挫败，我们也不会离开病人身边。

有时，这样的困顿，会让我们损耗一切，甚至得对抗其他人因为无法忍受这样的状态而转身离去的脆弱，也就是许多病人常表述，但其实非他人刻意所为的"被遗弃感"，而我们一向甘于如此。

但此刻，我一直坚信并服从着的价值被武伯一掌打碎。他的情绪告诉我，他感受不到。

我没有要赶武伯出院，我也没有要放弃他，我是在想尽办法，去触及他的核心经验与自主意愿，但是他这样评价我，无异于在我的心上划刀。

我的陪伴与贴近是失败的，甚至，我让他觉得是咄咄逼人的，而我甚至读出了他愤怒中无以名状也不曾化为语言的孤独，那份可能终究得面对失能的挫折感，得独自迎向死亡之门而且无计可施的懊恼。

以上这些，并无法被持续进出他病房的医护人员、治疗、关怀，以及子女所安排的万无一失的照顾网络所填补，那是永恒的黑洞。只有更多的爱是答案，更多无坚不摧的陪伴是良药。

我开了一场家庭会议。我试图把这样的讯息传达给武伯的子女，也和他们多聊聊过去两年，我所不曾接触过的武伯。

虽然子女仍无法完全摆脱如何处理症状与疾病的桎梏，并以崭新的态度看待父亲成长与转折中的临终经验，但是他们与我所分享的病人和他们在这两年来的相处经历，他们对我的感谢，却有助于抚平我心中被武伯无意但真实划下的伤痕。

我委婉转达，或许武伯需要更多很实质的和子女进行关系联结的时间与机会。子女表示理解，也尽可能地来访视他。即便短暂，却心意十足。

然而，我看得出来武伯心中的挫折。他有一个终极的疑问，就是"为何我会得这个病"。

这个属于灵性层次的与生命不如意状态和解的议题，实非三言两语就能够帮助他转换视角、坦然看待。有时，我们需要一点机缘的触发。更甚者，我们还持续告诉他，现在得被迫思考，接下来会卧床，自我主控权点滴消逝，却不能潇洒转身的日子。

这一点也不符合他的期待，连生命都拱手抛弃，只求守护尊严到最后的心愿都无法实现，实在是酷刑。

武伯心志的墙产生了裂隙，身体也仿佛应和着剥落。他陷入更加虚弱的状态，意识变得更昏沉。虽然，他仍是清醒的，而且认知功能是完整的，但他对我们所有人关上了大门。

接下来几日的巡房，他先时还虚应着我的"谢谢"，后来，索性动也不动，以无声代替抗议与厌烦了。

接纳武伯的情绪，与武伯分工合作

这样的僵局持续了几日。某日，他左手肱骨的疼痛又逐渐加剧，而这疼痛，让他终于又打开了心门。

"我想好起来。让我不会痛，骨头长好。我想要自己行动，自己生活。"

经过了这段时间的相处，我已经懂得不需要去争辩他表面上所使用的字眼。毕竟，他对自己的病情了如指掌，现在不是去和他再次说明这不可能的时候。他要传递的讯息始终如一，"我要战斗至这样的状态"，以及这个讯息的下一句，"如果不再可能，我希望死亡"。借着疼痛，我与武伯的世界再度联结。

"武伯，无效了。我们没有方法了。"

我知道他不害怕明确的答案，他害怕的是尊严和骨气无法维持。

"那不要做了。我要走了。"

武伯的答案简单明确，却意味深长，始终如一。

"武伯，我会做我该做的事。你认为医生专业该做的，都由我来决定。我来做，我也来和孩子讨论。但有件事，只有你做得来。你不想再做这些治疗，想走了，这是爸爸的心声。爸爸的话，要爸爸来说，我无法取代你。这两天，我们来分工合作。你觉得好吗？"

我学会面对武伯，我要对"有效、无效"有所担当，不需再把这个问题丢给他。不是要忽略他的自主，而是他认为这不是他的责任，同时，也是他对医疗人员的信任。他只要求，战到最后一刻，不曾崩坏的形象被维持着。

他忽然紧紧握住我的手，巩膜水肿的眼睛闪闪发亮。

"你是我遇见的最好的医生！我们就这么办！"

我不见得是他遇见的最好的医生，但我听出这句话的意思，我是这片混沌中，懂他心意的医生。

我和武伯又组成联盟，我又能站到他身边了。而我，不是最坏的医生，也不是最好的医生，某些时刻的情绪和评价，或许让我软弱，但不曾挪移步伐的坚定陪伴，就是我最重要的无憾。

岂止家人要无憾，医生也需要。

武伯的床边摆上一张枝繁叶茂、各个气势昂扬的家族照。他想感谢的毕生知遇的长官也来探视他。

就在我们握手，达成共识的两天后，他以一种生理上我无法解释的状态，器官衰竭，进入弥留状态，维持着少见的没有受重大病痛改变的外貌，潇洒转身，一刻也不多留世间，但身影却永烙我们每个人的心上。

最后一里路的

安 心 锦 囊

———————

我给了我的家人最多与最好的医疗，但为什么他看起来还是一点都不好呢？

对于医疗的效益越来越不明显的病人，身体的虚弱以及器官功能的衰退所造成的症状，才是影响病人生命时间长度以及质量最重要的原因。这时，再导入更多的医疗，常常难以再帮助病人，所以必须要提升症状照护的质量。

同时，社会关系、心理、灵性从此时开始遭遇的挫折与困顿，也是能让人在生命最后一里路，转化升华、关系和解、平静圆满的重要机会。家人的陪伴以及在家的环境中，可以让病人减少被隔绝感与疏离感，有助于心神的稳定和症状的缓解。

另外，在精神与体力许可的状况下，借由和心理师的会谈,进行生命的整合、关系的修复、生命意义的肯认,进一步完成心愿与四道人生(道谢、道爱、道歉、道别),是生死自然韵律送给我们最珍贵的礼物。

即使死亡迫在眼前,也要好好活每一刻,是安宁照护所欲彰显的理念。因此,有许多的病人并不害怕面临生命的终点,却害怕自己在这个过程中,失去了尊严以及自我控制的能力。

有时,愤怒、质疑、抗拒,都是人展现力量的方式,我们不必害怕,或是想要阻断这样的负面情绪。反而可以去肯定病人,肯定他在这样的情境中,仍旧肯为之奋战的气力。

之后透过不断的同理、陪伴,使之接纳我们,并进一步地能够帮助一位失能的病人,而不会因为助人者太过急躁,让病人感觉到失去尊严而拒绝被帮助。

爸爸眼睛还会在

他不该镇日双手用力地撑在床缘，大口喘气。

"我这样做，才能维持力量。"他回答我。

如果知道这会是和江大哥的最后一席话，我会用更相称于他的洒脱的方式，而不是巨细靡遗地讨论那些迈向失能与死亡过程的选项，虽然那是他如此需要的对谈。

顽强的斗士

就在我们再次用力互握一次手的半小时内，他说走就走了。我真的以为还有时间，为他准备他所希望的末期照顾，但我觉得好庆幸，在短短的三秒内，我决定还是得认真和他谈一谈，当生命即将到终点的那一刻，顽强的斗士如他，到底想要什么，因为开口了，所以我没有遗憾。

解尿困难了，渐渐有要失禁的感觉。不太站得住了。手一直抖。吞东西有点不顺畅。身体忽冷忽热。

他说近日来记忆力逐渐变差，每次巡房时都无法想起要和我说什么，所以这回特别请女儿在手机中写下来，要让我参考。

我当然马上就知道为什么。这些症状通通指向一个清晰的答案，江大哥已走向恶病质的状态，以及快速失能的阶段。他即将卧床，并需仰赖他人二十四小时的照料，然后死亡也已接近。

要和一个曾经强调过无论如何也要用心灵支撑住自己生命的斗士讨论终将颓圮是不容易的，那不在他的生命蓝图中。

生命可以结束，但是不能缴械投降。因此我如何舍得让他在未知中面对这一切，况且这也不符合我们曾经承诺下的每个默契。

豪迈与洒脱

我们第一次见面的那天，瘦削的他，脸部罩着百分之百的氧气，连喝口水的几秒钟时间，都脱离不了高浓度的氧气。因为严重气胸，胸腔侧边插着粗壮的胸管，牵连着体积无法被忽略的胸瓶，而一点也不想放过他的空气溢出胸腔，遍布皮下组织，成为难以处理的皮下气肿。往他胸口压下去，尽是哔哔剥剥的声音，皮下也插着一条引流管，管口周边的皮肤已经发炎、红肿，而所有的病况看似并无太大进展。

初转至安宁病房，他说话很快切入重点："以后我不会再见到黄医师、钟医师。我的事，你全权负责了，是吗？"

我告诉他，是的。接下来，他的事，我会尽全力处理，全权负责。

"那好，到时候，如果我要死了，还有哪些文件是会要我女儿签的，现在都拿来。我签一签。"

我愣了愣。

他的豪迈就像在做一笔生意。不管多么接纳自己病况的人，其实光经历选择临终时不施行急救（心肺复苏术），以及接受安宁照顾的意愿书之后，往往已是一场看不见的大汗淋漓，只希望所有的这些签署不会再有下次。而他，却好像不受任何打击地，讨论得干脆，也没有任何畏惧的心理。

我向他说，我的照顾和文件没有太大关系。最重要的选择临终不急救的意愿书，他已经签完，不会再有其他的文件要签。我们如何将他照顾得舒适，最为重要。

我也向他说明了接下来在安宁病房的所有照护计划，以及倾听他对这样的计划有没有任何不了解或是担忧的想法,也向一直坚持着药物不想再更动的他,说明基于专业的照护,我肯定会调整他的药物,但一定会让他感觉更好,而不是更差。

会谈结束,他伸出手与我相握。我真的觉得我们好像成交了什么一样。

心灵的力量

他有好多的坚持,坚持到护理师几乎无法在没有他的同意下,帮上任何忙。但他看起来是那么喘,却又拖着那几片看起来羸弱无比的肺,勉力呼几口气,便想撑起自己生命的一切。

照这个样子下去,呼吸衰竭肯定会更快到来。我无论如何得使用吗啡,让他不会太快耗尽自己呼吸做功的能量,然后在吗啡所达到的舒适与呼吸功能休养中,尽快帮他逆转气胸的问题,还得预防感染的发生。

我告诉他,无法躺平身子睡觉就是一个很明显的指标。他的症状控制并不好,他不该镇日双手用力地撑在床缘,大口喘气。

他不太愿意接受我们任何一个人的建议,但并不是因为听不懂我们的说明。正纳闷着,他说话了。

"我这样做,才能维持力量。"

大多数呼吸正在衰竭又还有意识的病人,的确把身体撑着往前倾,会比较容易呼吸。但是每个病人不都是一样的,我不想就这样接受他的说明,想再多问一些。

"你觉得这样能维持什么样的力量?"我问他。

"心灵的力量。"我非常确定我没有听错,心灵的力量。但我刚刚脑海里闪过的是身体的力量。

"你可以多跟我讲一点心灵的力量可以达成什么吗?为什么躺下来就会比较没有心灵的力量?"

他听到我的问题后笑了笑,伸出食指来,比了一个"死翘翘"的手势。告诉我,心灵力量能够让这个时间晚点到来。如果没有心灵力量,就是他离开的时候到了。

舞战着到最后一刻,我们要陪他一起完成

他一直不避讳谈"人死有时",包括自己的死亡,却尽力地守护着心灵的力量。他并不害怕苦难地想要尽力,用现在的姿态活着。

这股拼劲,是一种存在意义的力量,令人盛叹,值得尊敬,但这也是个灵性照顾的开端。

倘若不能这样有力,舞战着到最后一刻,如何才能不

让自己觉得从今而后节节败退，便是我们要陪他一起完成的任务。

他信赖着我们，不过总是满脸笑意地说自己没事，要我和心理师赶紧去照顾其他病人。

而我俩，就偏偏爱多陪他聊几句，还告诉他，如果有什么事受不了了，一定要和我们说。

有一日，我要移除他发炎、感染，而且已无作用的皮下气肿引流管。告诉他，移除的当下，有任何状况和痛感，一定要叫出声来，让我知道。

他还是一脸豁达："我当初被切开装引流管的时候，都没有打麻醉药，现在移除算什么。你尽管动手。"

我问他，为什么他能有这么多的勇气。

他告诉我，他觉得这些都是面对生命与疾病应该有的态度。

但是英雄总有打不下的城池。他终究要面对这一刻，而最大的冲击，并不是外在疾病的变化，而是源自他的心灵。

在女儿念完那一串他请女儿帮忙记下的症状，并听完我的说明后，他很认真地向我问了些问题。

"我现在是大小便失禁了吧？下一步，我会如何？这个无力，你还能帮我改善吗？"

"我恐怕帮不上你了。接下来，你会逐渐失去掌控自己身体的能力。例如，你连翻身，可能都会需要别人帮忙。"我据实以告。

"我不要这样。你不能让我这样。我努力吸着氧气，可以避免继续变成这样吗？"

想起他一直重重扛着的毅力与勇气，我考虑着，是要说出"我会尽力"这个其实称不上谎言，却也对他毫无帮助的回复，还是就在此刻和他讨论，死亡时他所要的样貌。前者较容易，但我不踏实。所以几秒钟后，我选择了后者。

"我们还是会尽力让你舒缓，但恐怕无法让你体力逐渐损失的这件事停下来。体力会慢慢耗尽，你会开始变得完全需要其他人协助。我可以和你讨论一件事吗？"

江大哥点点头。

"如果这次真的无法稳定下来出院，而是一路下坡，然后真正呼吸衰竭了，你选择的是使用高浓度氧气，撑到最后一刻，即使是卧床了，还是让身体自行一点一滴离开？在完全卧床之前，等到你认为那样的生活质量和自主尊严，已经是你无法再忍受的最低点，你就选择脱离氧气，然后我使用药物帮你，让你不感觉喘和痛，就那么离开？"

"我绝对不要第一种状况。我要第二种。"

"那我再问你，如果是第二种，到底什么时间点，是你觉得不想再继续的？如果你一直意识清醒，我当然可以问你，让你决定，但是，万一你意识不清楚了呢？那时候我该如何决定呢？"

"意识不清楚，无法恢复，我就不要了。那就是我需要你帮忙的时候。不过，我觉得我不会意识不清。"

"我只是想要知道任何情况发生时，你希望我帮你的方式。"

我向他澄清我问这话的用意，而他只关注地问我，时候到的时候，我会不会帮助他死亡。

病人交在我手上的，是双重的生命

有时，我真觉得病人交在我手上的是双重的生命。一个是来到安宁病房之前就已经逐步消逝，但渴望尊严的末期生命，这是从形体上可轻易观察到的。一个是逐渐无法与外界联结，但充满个人自主图像的心志生命，这是从形体上观察不到，只有我们心里有这个病人时，才会出现的。

这么贵重的交托，对任何事，都很难向对方说不可能与不愿意。

我没有半点犹豫，我知道如此羸弱的他，需要我和他一起扛着那巨大的心志而不至被压垮，而且对我来说，这和帮助死亡一点关系也没有，他早就在死亡中了。倘若不是戴着百分之百氧气的面罩，就这样支撑了好几个礼拜，从这一刻往前倒数的任何一个时间点，其实都可能是他告别世界的时刻。

他已经多走了那么多。如果他累了，我会取下他的面罩，帮助他入睡，迎接死亡，这是我多么应当去做的事。

我和他说，我保证一定做到。他说，他还有一件事要说。

"我已经准备好了，但我还没打算走，我还要留着给你们研究研究。以后遇到和我类似的病人，就更知道怎么做了呀。在我身上，不要紧的，你们尽量研究。"

我忽然觉得一股酸楚，我不要我们是这样地利用他到最后，于是我和他说："保护你才是第一要务，但在这个过程中，我们从你身上学到的一切，一定会用到和你类似的病人身上。"

他笑了笑，说他明白，又用力地握了我的手。Deal，我觉得他每天都很开心能和我达成合意的共识。

永远说不够的爱与道别

这一席话，说了好久。我以为明天我们还会继续。但是他很洒脱，在这席话结束后不出半小时，从意识清楚变成意识不清，然后氧气浓度与血压快速下降，接着他就过世了。

他说不要的，他就是不要。他说他会意识清楚到生命最后一天，也不是信口开河。

知道一定会有这么一天的妻儿，心里早有准备，却也想不到他会是用这样迅雷不及掩耳的干脆姿态离开。但那就是他，即使乐章停止，也还是不能荒腔走板，从头到尾的演奏都不马虎。

早前他决定了要捐赠眼角膜。泣不成声的女儿们深深拥抱着他，诉说着那其实已经说过千百回，但永远说不够的爱与道别。

"爸爸的眼睛还会在啊！"妻子在泪眼中抬起头，对女儿们说。

"如果你愿意，我想你会让妻女或是我们其中的一个，未来在某个时刻再次迎面对上你的灵魂之窗吧，是吗？"我在心里默默对他说。

"没有事情不按着我的安排走呢！"我仿佛听见江大哥说着。

最后一里路的

安心锦囊

————————

身为家人或是照护者，当我们觉得病人明明就已经没有体力了，但病人还是希望事情都自己来，结果反而让自己与我们更加狼狈，而如果去和病人沟通，却又常常引发他们的不良情绪，到底应该怎么做才好呢？

人的一生，只会经历一次自己的死亡，甚至也只会经历几次至亲的死亡。在这样的过程中，感受到身为病人或是照护者的挫折，是很正常的，彼此产生冲突，也是很正常的，但这些冲突，正是让我们发现彼此深爱着的基石。

不想拖累家人，不愿意面对身体失能的失落感，想要证明自己还有用处的渴望，以及想抓住希望，这都是人之常情。但是要找到路，彼此顺利扶持走下去，确实需要花点心力。有时，也需要社工师或是心理师的协助。

发生冲突的时候，不如先彼此退后几步，给自己一点空间，喘口气、思考与调整。因为你们深爱着对方，你的心里肯定有别人所不知道的能量，把它们找出来吧！

有时，因为越在意对方，就越不敢和对方谈论重要的话题。我所照护的病人，他们心中常常早有对于后事的打算，但怕提了，家人会担心，所以隐藏在心里。家人也常常想要询问病人的想法，但怕提了，病人会丧志，因而不敢开口，结果常常导致双方的遗憾。

无论是医学研究上的实证，或是每一位曾经陪伴病人和他的家庭直到生命终点的医疗人员，都清楚地表示，谈论这些重要的事情，并不会让病人病情恶化、丧志，或是缩短病人存活的时间。相反的，因为可以一起共同安排重要的事情，病人会感到更安心，也更有力量去应付身体的病症。同时，也会因为没有悬在心上的遗憾，而更容易感到轻松与开心。

情报员的迫害

他是精神病人，可以自己做决定吗？

他自己签署的意愿书，有效力吗？

他真的理解自己所做的决定吗？

病房的护理师告诉我，他是一个冷面而少言的人。问他有什么不适的症状，想要多关心与了解他，都遭拒绝。

食道肿瘤的四处侵蚀，不断溢上喉头的肿瘤分泌物和肠胃道渗液，还有卧床与肺炎并发症的产生，刺激得他整天咳嗽与疼痛。口服药物吸收的效果差，吞咽也逐步困难。

转进安宁病房的隔天，我们在病床边讨论，除了药物种类的更换，也预计改成施打型的药物，促进吸收与症状的缓解。

先从理解与陪伴开始

"我不要打针。"

我以为他担忧药剂会加速死亡的到来，或是过去治疗

179

的经验并没有得到正向的结果，却没有获得说明，因此对药物的调整感到失望或害怕。还是他准备好了面对死亡，所以反而担心各种治疗会拖延他结束这段受苦的历程。

但从他凶悍的固执中，我却看见一抹单纯，仿佛在这世间遗世而独立，不带有前述那些我们在病床边最常听见或臆测的答案。语气和眼神单纯得让我想要笔直地探索下去。

病房同事问我为何会有这种直觉。我想或许不是直觉，而是当你累积了非常多被拒绝的经验后，就可以分辨这些拒绝背后的理由是什么，所以我知道今天的这个理由，应该不寻常。

因为食道肿瘤并肺部与骨头多处转移的他，其实很痛，也很喘。无论今天是否能找到理由，我一定得找个方法，打破僵局。

但我面前的他，正声嘶力竭地一遍遍吼着："我说了，不——要——给——我——打——针！"我一点也不想强迫他，我也不认为病人应该被强迫，更何况以他这样的心情，根本无法建立良好的沟通关系。

但是我一筹莫展，因为只要他拒绝接受药物，疼痛与气喘得不到适宜的控制，什么身心灵平安都是枉然，我也找不到和他建立关系的立足点。

每到这种时候，我总会提醒自己，更常提醒学生，安宁照顾是特别没有目的的。如果你已经设定了一个任务的目标，那么，很多时候，照顾者是要遭遇挫折的，而被照顾者的需要，还是没有被看见。

所以我决定，做一个理解与陪伴的朋友就好，暂时放下我想要让他接受药物并获得止痛效果的想法。我尊重他现在不想接受药物、不想信任医护人员、选择忍受疼痛的状态。

找出一个可能接近最好的答案

"我想请问你，如果不希望我们帮忙给药或以其他任何方式改善你不舒服的症状，当初你为什么会答应进来我们的病房呢？"

我想先知道，他当初答应进来安宁病房的初衷是什么，或是在整个告知与决定的过程中，是否有遭受隐瞒或是产生误解。

"你们以后就知道了。"他依旧给了一个我没有办法完全了解的答案。

我决定继续坦诚相对："我们不会知道，希望你告诉我们。也想知道是不是家人希望你来安宁病房，但你自己并不愿意。我很希望知道我们可以一起在这里为你做些什么。"

"不是我自己决定的，也不是我的家人强迫我。是他，一直都是他。

"就是那个情报员。他硬把这些东西塞到我体内，我怎样都拿不出来。他现在高高地压制着我。你们！不！会！懂！的！"

谵妄。这时任何一个训练有素的医疗人员，都会先臆断病人处于谵妄的状态，并且表现的是以妄想为主的症状。

这可能是因为肿瘤转移、认知功能退化、药物、疼痛、电解质不平衡、感染等任何可逆或不可逆的、急性或慢性的病况所导致的。必须要矫正可逆的因素。假如无可矫正的因素，也必须观察谵妄现象是否影响到病人的舒适与平安。必要时，给予抗精神症状药物，协助缓解。

但是不对。他的妄想太精密，不像是安宁照护中常见的谵妄状态。他的妄想仿佛一座城堡，细腻得让你可以看见上头的一砖一柱，这是长久发展才有的。

如果再进一步对话，会发现他的妄想已经持续数年，与食道癌的病程相符，而每个阶段病况的变化，和他口中的阴谋论情节不谋而合，甚至，从病情认知的角度，他清楚理解，自己的死亡已不可避免，维生医疗和延长的濒死过程代表的是什么意义。

他早在去年就已经签好了DNR(不施行心肺复苏术)意愿书。而离开病房后,我们拼凑了他的过去生命经验与事件,对于今天的对话发展,找到了解释。

他是一位职业军人,因此在他的妄想城堡中出现情报员、主席、亲信,还有职级与压迫是非常合理的。而这源自十年前他有次车祸脑伤的经验,生理状况稳定后,却逐渐发展出精神症状。

虽然日常的沟通与生活能力无碍,但因为时常掺杂着妄想的情节,其他人常误以为他没有决定的能力。另外,毕竟长期因慢性精神症状而服着药,所以认知功能随着原本的脑损伤,以及药物的影响,自是逐步退化。

然而,在这总不是黑白分明的医疗现场,我们开始思索如今面临的困境。在模糊的灰区,找出一个可能接近最好的答案,是医疗人员不可推诿的责任。

安宁照顾的精神与信仰

他是精神病人,可以自己做决定吗?他自己签署的意愿书,有效力吗?他真的理解自己所做的决定吗?我要给已经如此虚弱的他强效的抗精神病药物,只为了得到一个世俗眼光中"清醒而能负责"的他,然后,再问他想要什么医疗决定吗？

　　凭什么余生仅剩的时日不多，而且已经这样平安地和家人相处多年的他，在临终之前，必须被强迫变成另一个人而活着？当他自己的决定和监护人或代理人互相冲突的时候，医疗人员要选择依照谁的意见，并担负什么样的风险与责任？然而，就算是失智病人或是精神病人，他们的行为能力都不是一天就失去的，大部分的时候是缓慢失去，甚至上下摆荡的。什么时候，他的自主权利可以被剥夺？什么时候，他的医疗利益必须交给别人来决定，从而保护他？

　　维护精神病人的利益在于透过法律、医疗专业以及代理人的角色，力图保护这群易受伤害的病人，但病人自己常常被弭形。

　　安宁照顾的精神，在于至死都尊重一个人的主体性和自主权。但是担心没有守好"真实意愿"这条线，太过轻忽症状对病人做决定过程所造成的影响，也将导致病人的利益丧失。

　　睽诸世界各国的人权呼声，不管是透过类似英国"心智能力法案"的原则，或是"身心障碍者权利公约"的精神，只要病人本身能够听取讯息、留存讯息，对照并利用过去的生命经验与价值观，为自己决定的结果负责，就应该保有他自主决定的权利。我再次向我的同事们和学生们诉说、揭示,并实践这样的信仰。

我们特别为他开了一场团队会议。众多细腻而担忧的心,众多聪敏而丰富的脑袋倾尽所知,讨论着下一个步伐的方向,如何让我们对他的照护,更加没有遗漏。

我们要相信去年签署DNR意愿书的病人,当时是具有行为能力与负责能力的吗?我们如何在现在的困境中,认可他对于讯息的理解以及决策是正确的?更重要的是,面对这样挑战着团队原有照护经验的复杂病人,我们如何伴着他,走向生命旅程的终点,而使人人无憾?

精神科医师、心理师、社工人员、安宁照护的团队,牵起了手,以一己的专业,搭建起网络,但我们仍有一个共同而核心的迷惘,那就是,病人希望、需要我们做什么,我们是否能将做决定的重担放在病人身上。但又有谁,比他自己更清楚地体验与感受到病痛在身上的折腾呢?

医病之间,不过就是人与人的相处

"你是黄主席的心腹,我知道交给你就对了。应该怎么做,他会告诉你的。"那眼神一样清澈固执,却充满安心与信任。虽然我还是在他妄想城堡的螺旋梯上上下下,试图找到他所栖身的房间，却因为他的眼神，感到胸臆中满满的激动。

他不会了解我的为难，我的道德良知所背负的重量，但他信任我。他知道就算没有退路，就算没有最好，我也是他所处世界可以倚靠的联结。

我还在笨拙地转动着钥匙，他已敞开大门，任由我进出，此等仿佛托付的无声之语，甚至还来自一个被末期癌症缠身的处于脆弱状态的病人，我该如何担起这不可承受之重，而这是身为安宁照顾者日日的功课，今日并无特别，只是更形沉重了些。

我想起启蒙我安宁之志的台东圣母医院。多年之前，当我还是一个医学生，参加了由圣母医院协助举办的营队，一位在那儿服务的内科医师，曾在他们的安宁病房收治一个思觉失调症的病人。

某日，病人症状发作，从换药车上拿起东西，就作势攻击医疗照护人员，然而，当他举起剪刀，来到了平常细心照顾他的这位内科医师面前，混浊凶煞的眼神，顿时透出一股清明，仿佛从哪个世界被拉回来一般，病人缓缓放下了剪刀。

当我听见这个故事时，内心澎湃不已。医病之间，不过就是人与人的相处。疾病与症状的污名和标签已经太多，能留住这样的纯粹，是多么珍贵的宝物。那提醒着我们，医疗照护的价值。

我的病人在入住安宁病房后一周，因为癌症转移的并发症，进而产生严重的肺炎，呼吸衰竭，离开了人世。

如此快就到来的死亡，解决了某些如果生命存续，将越来越难解的课题。而我们持守着所谓病人自主和最佳利益的真谛，跨越了法条、医疗和义务的限制，为看见一个人的价值，陪伴一个人的整体，守护一个人的尊严而持续努力着，永远不歇。

最后一里路的
安 心 锦 囊

我的家人因为生了病，所以有精神症状，而与生死相关的医疗决定，我能够和他沟通吗？他的意见可以被尊重吗？

做医疗决定，着重点是心智能力能否了解目前的医疗选择，以及其效果、预后和风险。即使是患有精神疾病的病人，或是现在正受到精神症状的困扰，只要他可以理解讯息、记忆信息，衡量自我的价值，并与他人沟通自己的选择，其自主权就应该受到尊重，即使是拒绝维生医疗的决定，也一样。

对于精神症状明显的病人，最重要的是信任感以及安全感的建立，所以要沟通重大的医疗决定时，除了由医疗团队协助从旁评估他做决定的能力，也必须仰赖该病人所放心的对象，以及适当的辅助方式，让他们有机会表达自己的偏好与喜恶。

清溪游子的西装

护理师帮换上了白衬衫，正要为爷爷扣上扣子时，
我问奶奶："奶奶，你来帮爷爷穿西装，好吗？"

写作这本书的过程，我几乎没有告知任何人。一方面
初执秃笔，对于是否能成为一个称职的作者，充满惶恐；另
一方面，这本书所提及的每段医病关系，都必须重新投注
所有的身心灵。每篇完成后，都得将几乎耗竭的身心重新
拼凑归位，浑身浸透，心境赤裸而毫无防备。这样的状态，
实在禁不起任何对于写作进度的关心，因为，重新把病人
的最后一段人生走过一遍，不啻是件拿灵魂交换的事。

但是，我却忍不住告诉钟爷爷这件事，因为我实在太
无可遏制地喜悦着，遇见另一个写书的人，运转着那么美
妙的文字，即使写的是自传，但是巨细靡遗的生平、洗练丰
富的语句与词汇，读来仿佛一本小说般精彩，甚至满屋钟
爷爷自个儿借调宋词所写的词选，也令我手不释卷。

撑着身子，签书给我

钟爷爷看我这般爱着他的书，大方地说要赠我一本。我请钟爷爷在书的扉页签名题字。已经在疾病影响下，清瘦得无比嶙峋的钟爷爷，虽然连运笔的元气都几乎尽失，还是端正地为我签了名，还认真看着名牌，写上我的名字"宛婷小姐"。

钟爷爷一生兵燹，生命中好几回的生死一线，再加上居安思危的性格，一辈子做过许多艰难但果决的决定。他将几段故事投了稿，后来逐字完成自己的生平，在子女协助之下，自行打字、排版、印刷。数量不多的成品，拿来赠予昔日同袍以及亲近的家人。

获得如此慷慨相赠，我一时激动，便告诉钟爷爷，若我的书出版，当赠他一本，以作回礼。

爷爷开心不已。至今回想那一刻，真是雀跃。虽然，当时约莫知道其实我很难向爷爷当面兑现我的承诺，因为他的恶病质状态，还有逐渐无法代偿的肝脏功能，一步步变本加厉，而距离我完成此书，却有远远超过半年的时间。但我想，承诺他会完成我自己的书，对于同为爱字、爱书的人来说，是个很重要的心意吧！

拿着书的兴奋尚未结束，我询问钟爷爷，是否可以和他与书一同拍张照，他点头答应，更自己从床上撑起，并且坚持着可以维持坐姿，不需倚靠他人帮忙。

钟奶奶一直絮絮叨叨钟爷爷这本书是如何完成的，包括子女们如何齐心协力地完成这本书的出版。

我把钟奶奶拉近，一同和爷爷拿着书，拍了照。奶奶很开心能够这样与爷爷的书合照，还告诉我们说："他平常在这种状况下，一定要穿西装的啊！"

但是钟爷爷的体力实在太有限。这样短短几分钟坐着签名的时间，已经快要支撑不了，所以我们征询了爷爷的意见，不需要再特别上楼为他拿西装，心满意足地拍了张合照。

钟奶奶说，我们这么赞许钟爷爷的自传，也喜欢他在屋内每个角落留下来的自己创作的诗词，他是真的很开心的。

老人照护老人

钟爷爷的病情，导致他的肝脏功能无法代偿。挺着装满腹水的肚子，难受到疼痛不已，也喘不过气。回医院，装了个引流管，大大地缓和了不舒服的症状，但是因为体力已无法负荷往返医院，所以接受了我们的居家照顾。

居家照顾着实不易啊。上了年纪的钟奶奶，已经因为几回协助钟爷爷翻身而闪到了腰,再加上心脏的痼疾,让人好生忧心。

钟奶奶说,搞不好呀,自己会比爷爷先走呢。自己的心脏功能这么差,数年前,差点因心脏功能失控死在山上,是女儿把自己救回来的呢,也知道自己是个随时会老后[1]的人了。老陪老,就是这等事啊!

女儿贴心,在不远处工作,总是会抽时间回来帮忙,但是因为从事的是照顾服务的工作,又有着极盛的热情,以及想要精进的渴望,奉献在服务与学习的时间相当冗长,因此并无法取代妈妈照护爸爸的角色。

爷爷与奶奶都说,这个周末,帮他们打字排版与编书的儿子一家,就要回来探望他们了呢!

尊严、帅气地离开

几日后,钟奶奶突然打电话给安宁居家护理师,说爷爷好像不对劲。因为居家环境的关系,爷爷是希望可以在医院往生的,询问护理师,是否能去帮忙评估一下。

其实,两天前,护理师才访视过爷爷,与前一周我们跟

1　老后,指死去、离世。——编者

他相谈时的状况，没有差太多。然而，家人的敏感度是很值得重视的，居家护理师硬是排挪了早已满档的访视行程，前往爷爷家里，协助奶奶。

钟爷爷的意识状况稍差，呼吸也略微急促，虽然无法明确评估已属于临终阶段，但考虑到爷爷的症状变化，随时有可能出现代表着肝功能代偿失灵的状况，奶奶也无法独自一人在家，因应状况变化的评估、照护与给药，所以便安排了钟爷爷回来住院，而且非常恰好的，安宁病房刚好有空床，可以让钟爷爷与奶奶进来歇歇。

我从另一位病人的床边走出来，正好迎面遇上钟爷爷的推床进入病房。虚弱的钟爷爷，连自个儿在安宁病房的房间都还没进，就在小床上极其安详地过世了。

正在楼下办理住院手续晚了些才进入病房的女儿，没能陪伴到爸爸的最后一口气，哀伤得落下泪来，却又欣慰，对于一生果决的军人爸爸来说，这样子尊严、帅气地离开，确实是爸爸最想要的样子。而且，即使如此匆促，终究来得及回到了他们在医院中的家，回到了安宁病房。

我向居家护理师致意，她的精准评估，以及立即的安排。即使我们都知道这样的发展或许只是巧合，但这巧合却安了每个人的心。

奶奶帮爷爷穿上最帅的西装

我们把爷爷推进独立的房间,梳洗打理,换上最后要穿的衣服。这次出门,奶奶早有预感,所以把爷爷多次交代的西装给带上了。

温柔无比的护理师,正带领着奶奶和子女们与爷爷道别,为他清洁身子,准备换上熨烫得整洁的西装。

我想起那张少了西装外套的照片。钟爷爷不但一生果决,对于很多的信念都一以贯之,对于自己外在与内在的坚持,更是原则清楚。

认真看待西装礼仪的钟爷爷,亲自挑选了最后代表着他自己仪态风范的西装,更重要的是,在数次极为艰困的战乱下,多次劫后余生的钟爷爷,认为"无谓的抗拒是螳臂当车,心存侥幸等于坐以待毙,都不可取。只有留下根本,才能存在,存在才有希望与未来"。他不但以此态度,贯串人生的每个抉择的难题,在面对疾病侵扰时,也是一样不卑不亢地应对,所以,从容地面对生命的自然韵律,并将身后事交代清楚,让奶奶和子女少了很多猜测的惶恐与哀伤。

奶奶站在床尾,看着护理师协助打理爷爷的身体与门面,流着泪,但欣慰地说着:"他走得很安详哪。多么好,没有苦到。"

护理师帮换上了白衬衫，正要为爷爷扣上扣子时，我问奶奶："奶奶，你来帮爷爷穿西装，好吗？"

哀伤的奶奶忽然展露了笑颜，马上凑到了爷爷的身侧，说："当然，当然，我一定要帮他穿的！这是他自己选的西装耶。他穿西装真的很帅，交给我。我帮他穿。"奶奶满足地帮爷爷穿上这套最帅的西装。我们一起看了看爷爷的脸庞，即使瘦削，坚毅与挺拔依旧。

我忍不住一阵激动，向爷爷道了深深的感谢。即使只有那一面的居家之缘，我却将他的生平都抱了回家，我还曾有机会向他的文采致上敬意。

我问女儿，那天在居家访视时，我们和爸爸妈妈拍的照片，她想要吗，我们可以洗成实体的相片，赠予他们。女儿非常乐意地答允。

爷爷籍贯江西省瑞金市清溪村，所以他的自传定名为《清溪游子东飘》。撰写此文的时候，我屡屡翻阅，却觉得整本自传才能完整叙述钟爷爷一生，撷取任何一段都无法体现，甚至多一点我的感想，都僭越了爷爷的生命实践。

半生戎马，而我仅能在一方小天地中与他相识。我认识的他是多么有限，但从家中四处可见的墨宝，还有书中的诗选，可以读出告老后，他对这段平凡时日的在乎与珍惜，虽有泉涌般的回忆，却更希望祝愿同袍、好友与亲人们，包括自己，长康泰。最后，便以这段时日最常在他的诗词中出现的素材——"登铜钵山"的其中一首词，作为缅怀爷爷之意。

秋登铜钵山

调借：虞美人

铜钵烟雨秋空散，

野鹤惊长叹！

几番烽火烧漫天，

幽沉古刹重光佛雅俨。

天涯归雁披残霞，

绕寺转三匝。

峰顶舒啸心旷达，

草木同欢秋云映白发。

　　钟爷爷初登铜钵山，时年十六七岁；词选中的登山纪念，是八十一岁时再次登铜钵山。爷爷这本自传的封面，用的照片也是从铜钵山远眺群峰的视角。

　　钟爷爷自述受教育根基太少，作品仅自留轨迹，赠予挚友，但我却不认同。他浩瀚优美的文采与哲思，是我所阅少许素人自传中，最为令人激赏的一部。

最后一里路的

安 心 锦 囊

───────

我的家人已经离开了。我想知道医疗人员是怎么照顾他的，我可以了解吗？

家人离开后，医疗人员会将病人身上的管路移除，协助清洁身体，再将伤口覆盖上肤色的人工皮或敷料。

通常，这时不会马上换上最后要穿的服装，因为身体在最后会自动将一些秽物排出，医疗人员会等秽物都排出后，再清洁一次，并且帮病人整理容颜（例如阖上眼、口），以及上妆，这是在安宁照护中相当重要的训练，我们称之为"遗体护理"。

而在进行这件事的时候，除了上述的照护技巧，医疗人员更着重家人情绪的照顾，以及鼓励与引导家人，参与整个过程。

此时的哀伤宣泄，还有亲手照料病人，并让病人看起来仿佛未曾生病一般的洁净、舒适，那都会是家人未来抚慰哀伤重要的回忆。因此，若你想要参与，医疗人员是相当鼓励的。

有些病人因为宗教信仰之故，往生之后，有些仪式需要进行，例如助念。这些需求，也要提前向照护的医疗团队说明，并且讨论如何安排进行。

因为医疗机构里的空间通常有限，而且也有其他病人仍旧需要持续进行诊疗，为避免最后无法顺利完成，所以事先的安排有其必要。但这些文化或民俗上的需求，也是相当被重视的。

安宁大使

她用双手揽住我的脖颈,一个字一个字费力,但是清楚地吐出:
"你要帮我确定,家人会用那张我抱熊熊的照片,
当作我的遗照,绝对、绝对不能让他们用其他的照片喔!"

"我应该早一点进来安宁病房的。这真是我生病以后最棒的日子了!"小惠不停地向每一位照护她的医护人员,以及她所遇到的病友和家属说。

虽然有很多的病人在安宁病房得到了很多美好的时光,不管是灵性的成长、关系的重整、心愿的完成、身体症状的缓和,或是心理的坦适,但是会这样全然愉悦地诠释,并享受着住进安宁病房以后的日子,甚至和我们一样,将它当作理念来宣传与实践的,到目前为止,就只有小惠了。

前几天,我们才和小惠一起看完了她为了世界安宁日所拍摄的一系列宣传照,这应该是她宣扬安宁照护的理念影响力最广泛的一次了吧。有什么比担任宣传大使来得更有力的呢?

还记得拍照当日,她挑了件粉橘的无袖洋装,在医疗

大楼间相连的长廊上,雀跃地试妆,为我们周年义卖的奇恩熊、设计款帆布袋和其他的周边商品,不停地配合摄影师指示,呈现出美丽而饶有深意的画面。

六七个小时的拍摄,早已耗尽小惠当时仅存的体力,但她不露疲态,还相当敬业地坚持到摄影团队收工为止。

安宁病房的一缕笑颜

初见小惠之前,其实,我是非常窘促不安的。那是我刚刚训练完毕,甫扛起全然担负照护病人责任的年纪,不仅尚未有丰富的历练,还要在一个陪伴末期病人的场域中,照料一位比我年轻的女孩。

我对小惠面对死亡有着预设。毕竟在我们的文化中,这个话题尤为东方人所忌怕。长期以来,笼罩在将逝者与生者的心头,因着诸多的迷惘、哀伤、困顿与愤怒而无法解套的千千结,纠缠着世世代代。

更别说,当死亡发生在我们并不认为理所当然的情境下,如童年、青壮年,或是意外中,那股不甘愿的力道,以及充满遗憾的心神,会拼命地央求将医疗扭成厚实的绳结,希望成为病人溺水过程中的救命绳。在那一拉一扯间,也把仅存的自在从容或是互相成全给绞死了。

然而，早已无法回头的生命韵律，不再是医师的命令与无限上纲的医疗处置可以主宰的。唯有陪伴病人的仁心，才能让每一个病人以及家属能够熬过那幽谷，但是巨大的情绪张力，会让人将他人拒于千里外，也让照顾者无从施展人性的关怀。我猜想，在照顾小惠之前，我恐怕得跨越这一关。

孰知，当我迈入病房时，完全不见我假设中的阴郁与愤怒，迎向我的是一缕笑颜，反而让我无言以对。

小惠是否故作坚强？还是她拥有超龄的成熟，抑或她压根不知道自己的病情已经走到了最后？即便是个成熟的长者，在面临死亡硬生生逼近时，都未必能确保优雅，都未必能抗衡油然而生的否认、愤怒与哀伤。小惠的反应，让我们大吃一惊，却也深深敬佩。

生命再短，她都要过得精彩

小惠善聊，加之年纪相近，她总让我们感觉像个朋友，也因此，虽然我们照护着小惠病程末期的一切，但是在每一天查房的过程中，我们都像想要补足不曾认识彼此的过去一般，将时间拨回好多个年头以前，聊着症状的起因与因应方式，六年来治疗的艰苦与对抗副作用的辛酸，如何扮演一个家庭中最小的患病的女儿的角色，甚至个人的喜好，所以，就这样地，谈到了千层蛋糕。

我带了块千层蛋糕给她。她告诉我，蛋糕的照片，她放上了社群网络，得到了莫大的回响。

她也和我们说，大学毕业以后，虽然带着病，她还是去了一趟大陆，到业界进修她的专业。

她不知道生命何处会是终点，只知道再短都要过得精彩，而她更想把这样的心情、态度和精神传递给其他人。因此，当我们向她提及是否能在病房分享与授课，将她这段不平凡的生命历程，分享给在病房实习的护理学生，她一口就答应了，还拿着病房活动的排程表，主动和我们讨论着她的分享时段，要如何安插才好。

小惠第一次出院后，时时回到照顾她良久的癌症病房以及安宁病房，探望大家。因为体力还不错，便先安排门诊回诊，直到肿瘤对脑部、肺部以及腹部的压迫更加明显时，我们和小惠讨论了安宁居家照护的考虑，并且调整药物，使用剂量更多的类固醇，减轻肿瘤压迫所造成的症状，小惠逐渐出现了月亮脸的副作用。

她说这样不漂亮。这样子，没有办法去拍沙龙照，那是她很大的愿望。我们一起讨论了如何弹性调整使用类固醇，并且告诉她更多缓和疾病的方式，期望能够让她的心愿实现。

然而，就在这个心愿可以达成之前，小惠因为流感并发呼吸衰竭住进了病房，因为安宁病房床位暂满，于是她先住到癌症病房。我一直惦记着她。

频频伸手拔掉鼻胃管

周末一得空，立刻跑去她的病房看望她，一眼望见她脸上咻咻咻作响的高浓度氧气罩，还有因为呼吸衰竭引起意识不清、无法进食而被放入，但其实违背她之前心愿的鼻胃管。我心头一酸，和站在门口早已控制不住泪水的妈妈相拥而泣。

妈妈说，她知道小惠一直交代不要放鼻胃管，但是，看着小惠一口食物都无法进食，病房医师也告诉她，没有营养，小惠肯定好不了，所以只好忍痛答应。但是小惠一直伸手拔掉鼻胃管，又痛苦地再被置放一次，后来是在妈妈的哀求下，小惠才忍住不再去拔。

妈妈也好内疚。如果天气好冷的几天前，没有答应小惠出门去洗头，是不是就不会感冒了。

我听妈妈把这些话都说完后，和妈妈说，让我把小惠接回安宁病房吧。拔掉她的鼻胃管，她想要精彩而美丽的人生和样貌。这不是她想要的样子。

小惠听到我的声音，勉强睁开眼。我再次询问她，是否要到安宁病房，并且拿掉她不喜欢的管路。小惠用力点了点头。

这一回，小惠的体力大幅下降，大多数时间都在昏睡。我们拔掉了她的鼻胃管，添上了些让她的呼吸更加舒适的吗啡。

她的睡颜看起来很美丽，即使脸部已经因为长期施打类固醇显得浮肿，但一点也不损耗她那让人感到喜欢的、带着朝气与俏皮的神韵。

病人交代"遗照"大事

某一日，她的精神较好，想和我聊聊天，但是因为肺部几乎被转移的肿瘤给占满了，即使有药物让她呼吸比较舒适，她多说几句话，还是会喘，于是她用笔写，然后我再回复她。

她先告诉我，她的时间到了，不是因为骑车出去洗头、感冒，才变成这样的，希望妈妈和带她出门的姊姊不要自责；然后她又写着，真的好喜欢奇恩病房，很希望和我们再多相处一些时候，这是她病后最安心的地方；最后，她放下笔，示意我把耳朵靠近她。

她用双手揽住我的脖颈，一个字一个字费力，但是清楚地吐出："你要帮我确定，家人会用那张我抱熊熊的照片，当作我的遗照，绝对、绝对不能让他们用其他的照片喔！"

我听了，心头一酸，但是也笑了。那张照片真的很美。

她抱着我们经典的奇恩熊，额头靠着熊熊眼睛闭着，侧面的剪影美得不得了，而且摄影师还处理了画面的颜色。小惠和背景都是黑白的，熊熊是温暖明亮的黄色，是当初大家看到时，一致都爱上的照片。

身为医师，能够让病人交代"遗照"这件重要的大事，我想真的是值得了。而且她还是不改俏皮，竟把这项"监督家人"的重任交给我，看来也不打算思考万一家人意见真的与她不同时，我该如何应付艰难的场景。所幸，这一位家人口中任性又有自我主见，但受到百般疼爱的小女儿，早就把这件事交代了无数次。家人也尊重她自己的选择，所以我算是顺利地守住了她最后留给我的叮嘱与遗愿。

把一份最轻柔的陪伴，置入她的掌心

数日后的早晨，她离开了，我看完门诊上楼，正好礼仪公司的人员要接走她。我想多看看我们的天使一眼，所以走进了往生室。

她穿着为我们拍宣传照时的粉橘色洋装和一双她最喜欢的高跟皮靴。脸上的妆化得像拍宣传照时一样的亮眼。除了不再起伏的胸膛，她看起来与之前没有任何不同。脸上满满的笑容，好像还开心地在我们身边叽叽喳喳着什么一样。

姊姊告诉我，能穿着最爱的洋装拍宣传照，是小惠这段日子以来最开心的事。虽然后来因为类固醇，导致身体形象的变化，无法完成拍沙龙照的心愿，小惠却常告诉姊姊，其实没关系，还好医生、护理师有让我拍了这套比沙龙照还要漂亮的宣传照。她真的很开心，没想到自己会被挑中为主角呢！

我时时想起这个女孩。时间走过，哀伤渐退，剩下的都是和她一样光明的美好。而我谨记着她的教导——"既然知道了，又何必天天去想；既然迟早要面对的，又何必把现在所仅存的快乐时光一起陪葬？"我感谢着，曾有幸把一份最轻柔的陪伴，置入她的掌心。

和小惠相处的时日，让我更加明白，即使我们无法承替病人的苦痛，我们还是可以告诉他们，我将照顾你，至最后的一分一秒，甚至，跨越生死的时空，我们做着如同家人会做的事，温柔抚触对方已渐无温度的身躯，并且为他们在记忆的匣中，安插一个永远的位置。

而如此信赖着安宁照护，并且全心体现着照护理念的小惠，也将永远都是我们的"安宁大使"，持续地影响着更多更多的人。

最后一里路的

安心锦囊

———————

年轻的生命将逝，往往更让人遗憾，因为那仿佛是一朵还来不及绽放就要凋零的花，但是生命的能量，不因生命的短暂而受限。面对年轻病人或是未成年病人的临终照护，我们有什么样的资源可以寻求呢？

面对年轻的病人或是未成年病人，一般成人的安宁缓和团队，也可以进行照护，不过，有些医院针对未成年人，设有小儿安宁团队，可以协助病家。虽然舒缓身心灵症状的目标一致，但是针对年龄心智发展、未成年人常面临的重症或末期疾病种类、家人的哀恸反应，以及对于医疗药物的使用限制，常常都与成人的安宁照护不太相似，因此并非每个安宁缓和团队都收治未成年的病人。

如果需要额外的信息或是支持，也可以请现有的成人安宁团队协助转介。

未成年人因为在法律上还不是完全行为能力人，有很多的医疗决策，常常需要法定代理人或是监护人的同意或是决定，但是别忘了，四岁以上的孩子就已经可以理解死亡以及永远分离的概念，而且也有自己的哀伤反应。

但不管是生病的孩子本身、孩子的手足，或是面对重要亲人即将离去的孩子，这一块常常是被忽略的。因此，对于生病的孩子，我们要保有让他们表达自我医疗决定的权利。针对儿童对死亡教育的需求，我们可以透过绘本，或是艺术治疗，心理师的引导、陪伴，以及家人无尽的爱来协助孩子，这也是安宁照护相当重视的一个领域。

生命的即时华——这个夏季开端的约定

她说："我只要你记得我们的约定！"

什么？约定？一时，我竟无法会意。

"我作画，你写诗啊！"

那一幅地藏王菩萨的画作，端挂于她的床头。细致的笔触，绘出端庄清丽的容颜。在常见的佛像威严中，带着更多的柔煦与诉说，颜色饱和，却不咄咄逼人。我细细地看，发现连其草屦都绘得极其细致。那呈八字的竹编带子相交之处，缀上了一颗朴拙的珠子，琥珀色的，闪着温暖的光。

"安忍不动，犹如大地，静虑深密，犹如密藏。"忽然觉得，这《地藏十轮经》第一卷著述着地藏之名的由来，都还不足以描摹出明荷阿姨笔下，这尊地藏王菩萨由内而外散发的神采与深意。仿佛，此生都被照拂了，若是拜倒在其座前，就再无恐忧，再无沌厄。

地藏王菩萨的画作右手边，依序是羔羊跪哺、观音大士，左边是大红与金黄的牡丹盛开之作，牡丹茎枝上头，还站着两只对望吱喳的白头翁。"它们在吵嘴呢。"明荷阿姨笑着说。

这是她与先生当年共游杉林溪之后的灵感。绘完此作后，她的先生马爷爷在上头题了名——"富贵白头"。"人家对我说，牡丹哪有这么大的呢！我却说啊，我就想画这么大呀！"

我说，是了，心境是自在的。阿姨笑开了怀。

阿姨还写篆书，更令人咋舌的是，这些长边都超过一米的画作，每幅都是她自己裱的框。而不管是作诗、书法、国画，还是裱框，阿姨都不曾师承某个门派，但是论精细、论质感、论深度、论壮阔、论韵味，无一不令诸多以此艺此学为终生职志者望尘莫及。

我凭着一丁点曾在技艺介绍的节目与书页中获得的记忆，和她讨论起裱框，谈到"还得喷湿这宣纸哪"。阿姨又对我笑了笑："想不到你还真的是有点研究啊。"好不容易凭着一点儿雕虫小"记"，以探得站在阿姨身边，一同论古品文的机会。我被赞得有点羞赧，说："不过就是杂学罢了。有兴趣就碰一碰啰！"

对于吗啡的误解

我与阿姨相遇在安宁病房。她是我的病人，刚从肿瘤科的病房转入。在我踏进病房前，护理人员和住院医师告诉我，爷爷很在意她都不能吃，拼命地想要喂她吃东西，想要打营养针，甚至还在询问什么时候要再做化疗。

我稍微皱了眉，虽然这几乎是我每天都要面对的场景。一个在生命末期的病人或是出于对自己的应许，或是出于身边人的期待，与自己身体所能负荷不成比例的诸多治疗抗衡着。被这些名之为爱与关心的医疗处置，如五指山般地压迫着，承受着紧箍咒般、日夜交相循环的苦楚。但我还是有点儿心烦。

果不其然，马爷爷开口了。他耳背得严重。我费尽了力气，才让他从听力较好的右耳，获得了一些解释与安抚。

但明荷阿姨的样子，着实让我不忍。肿瘤已经转移到肺部，喘到近乎衰竭的地步，脸上挂着高浓度的氧气面罩，镇日无法取下，连说话与进食的余力都没有，还得趴在床上桌的枕头上。已近月余，不曾安稳躺卧床上，睡上一宿。

我实在不忍她用这样的姿态，趴到人生最后一刻。我用上了吗啡，并且很肯定地告诉明荷阿姨，她绝对会在很短的时间内，获得改善。

我们总是会预先做很多的说明，毕竟每每谈到要用吗啡，病人与家属除了退避三舍，更是把我看成了仇敌，仿佛我是个罪不可赦的大坏蛋，竟要把这会成瘾的毒药灌入或施打于他们身上。

而不只是民众，其实一般不熟悉缓和照护的医师，对于吗啡的使用，亦不熟练，更过度忧惧与误解这个药物。医师如此惧慎，当然也难以让病人与家属放心了。

仅仅使用了少量的吗啡，不出一周，阿姨已经可以对话与进食，也拿下了高浓度的氧气面罩，换成一般低流量氧气的鼻导管。

最让我想要欢呼的是，她可以躺平，接受我们的精油芳香按摩，甚至还可以躺着睡上一场好觉了！接下来，阿姨恢复了些许有限的自我行动能力。她说："我要回家了！"

她作画、我作诗的约定

我们迅速地启动回家计划，安排好居家环境，转介安宁居家照护。在她回家前一天，我巡房，问她，可还有问题需要我帮忙。

她说："我只要你记得我们的约定！"什么？约定？一时，我竟无法会意。

"我作画，你写诗啊！"明荷阿姨脸上的笑容尽是温煦，压根儿不因我忘了这个重要的约定而愠怒。有时，医生的脑袋塞满了病情，而病人的心里在意的是生活，一个不小心，因为这样子的思考落差，医生就不解病人意了。

被明荷阿姨提醒后，我笑了。也就在那一天，我透过她的手机相片，第一次与她的作品见了面。不看则已，一看惊为天人，也挠痒了我的文学细胞。问及阿姨，其实一直有想帮这些创作记下当初的心情，或是题上几许文字的心意，我就这么不自量力地说，我可以帮忙，却想不到阿姨真记在心上了。

于是乎，我在阿姨出院后，厚颜地传了简讯给我们的居家护理师："如果方便的话，明荷阿姨的家访，可以带我去吗？我答应了她要作画，而我作诗的约定。"

因为地段分布与访视时段安排的关系，我们都是以团队的模式在服务病人，所以并非一对一的医师、病人照护，因此阿姨转为居家照护后，我未必能有机会去家里访视她，是故得拜托护理师刻意安排。

马爷爷的细心照料

返家后的她，比我预期的还要稳健，甚至还可以自己下床，缓慢行走了。一切安好。也多亏了比她大上二十岁的马爷爷照料。这个还是不停问我化疗可不可以做的耳背的爷爷，即便已届耄耋之年，对他的枕边人照顾得可真让人惊叹，细心得不会搞错吃任何一颗药的时间。当初要回家时所需的电动床、气垫床，也都是爷爷在一夕之间，备办得一应俱全。

阿姨的证件与琐碎事儿，他一个也不落地处理得完全不让人担忧。重要的药物与证件，都在他特制的裤袋里服服帖帖地待着。

祖籍江苏、上校退伍的马爷爷，透过明荷阿姨表姊夫的介绍，只与明荷阿姨一年见上了两次面，便落誓，缔结连理。然后一路从高雄、马祖、澎湖、中坜到台南，度过了他们大半辈子的人生。

现在住在二儿子的家，马爷爷用他的大嗓门跟我抱怨："我眷村住惯了。那时退伍，眷村改建公寓，上校可以有十二三坪[1]哪，住得舒服了。可孩子偏要透天的、进门有车库的、整层主卧的、浴室s什么p的（经阿姨解释，是可以做spa的啦），欸，住不惯哪！"听着，我又被爷爷逗笑了。

爷爷的字写得也是真棒。电视柜上头一幅家训，与整

[1] 坪，面积单位，1坪约合3.3平方米。——编者

214

屋阿姨的画相得益彰，都是带着气势，却不张牙舞爪地迫人，温暖却不柔弱。

我们与阿姨谈起最近在台南市如鞭炮般炸开的春花黄花风铃木，阿姨却与我们风雅地谈起茶花。真该沏壶茶啊，若说黄花风铃木是我们的春光，那么，茶花才是属于阿姨的烂漫吧！而且仿佛也特有缘似的，街角的邻人便种了满庭满室的茶花。那日离去时，主人家恰恰打开了门，我们还瞥见了不少茶花温婉的身影呢！

一段以文铸魂、以画聚情的医病关系

我们向阿姨提议在病房的艺术长廊和活动室举办她的画展与茶会，她欣然同意。我的心情很复杂，许多时候，我们是为病家圆一个梦，或是创造更多回忆与相处，在这样的过程中，我们尽心，却未必每次都能投注一腔的义无反顾，毕竟我们的气力与属于每个人独特的兴趣，并不一定相同。

然而，明荷阿姨与马爷爷对于艺术与文学的造诣，却深深敲进了我的灵魂，唤醒了我以文字和这世间交融的潜质，是以我涌现了热切，盛捧着期待，筹划着这个即将在溽暑来临前的五月开办的画展，那会是我与阿姨一次用生命的力量敲击出的响音。我深知，这机会应该就只有这么一次了，而我的人生，能有几次这样的缘分？

奇恩病房的艺术长廊，总是装点着画作。有时是淋漓尽致的生命讴歌，有时是乡土画家满满的寻根之情，有时是认同安宁疗护理念的新锐艺术家提供作品义卖，而我们无不希望，这些在单调的墙色中所点缀的暖意，能让驻足的病人与家属感知一缕流动的美学，抚慰身心灵中面对疾病时难以排解的苦闷。

虽然如此，我们却很少由病人来启动这样的艺术治疗。是以，明荷阿姨的画展格外富有意义，也对其他病友彰显了美好而具有张力的生命价值。

明荷阿姨深具天赋，不管是精细仕女画的勾勒，还是柔润饱满的色彩调制，自由临摹内化的精美篆书，以及大幅画作的存保裱装，全由她一手包办，而且，出类拔萃。绘画、书法对她来说，不是怡情养性之生活雅趣而已，而是她与先生携手共游共感的人生记录，因此更带着分量。

万事俱备，在这个夏季的开端，我们何其有幸，在一段医病关系之中，不再以病症与药物为经纬，而是以文铸魂，以画聚情。

十幅参展画作名称与题诗：

一、琵琶仙子

柔荑纤纤，琵琶韵啭；不忧此调空响，但冀舒心遣怀

二、双姣奇缘

睨笔下此影挠醒一身戏胞，展一页卷轴如临梨园棚下

三、牡丹

绝代牡丹匠心独运，富丽花簇灼灼其华

四、新墨落笔能开即时华

一点墨渍晕染芳华，几绺笔触达尽快意

五、般若波罗蜜多心经

以盛行于西秦之后的篆体，平静而规律地，带观者参般若思想，即定即慧

六、梅花傲霜雪

纵在这不落雪的亚热带小岛上，我还是能绽出霜透的风骨

七、倒吊兰

倾泻的紫花瀑布，反思的人生角度

八、开泰

在成为俎上肉之前，贺个开泰年万不嫌迟

九、地藏王菩萨

大悲无量岂掌上明珠可拟，誓愿了期非坚忍毅拔能即

十、观音大士

感娑婆众生之讯念，往苦困穷境施法喜

最后一里路的

安心锦囊

———————

除了身体症状的照顾，还有实质的陪伴，有没有什么其他辅助的疗法，可以让我重病的家人，得到更好的生活质量呢？

在安宁照护中，有许多的辅助疗法，被证实有相当好的身心灵照护效果，包含芳香疗法、音乐治疗、艺术治疗。透过艺术与音乐表达的形式，达到助人的效果。

在安宁照护中，常会透过艺术治疗，让病人表达内在的想法，更尝试透过艺术的共同创作，减少孩子对于生病的家人的恐惧，拉近距离，并表达出心里的爱。透过音乐，抚平焦虑的心境，甚至可以进一步让交感与副交感神经的运作功能强化。

因为训练背景的特殊，以及台湾目前的医疗给付系统并未特别强化与支持这部分的专业，但若是向照护你的安宁团队询问，有时团队中的社工师或心理师会兼具这些训练的背景或专业。

通常在安宁病房或是安宁照护相关的活动中，也会举办艺术、音乐等人文性质的活动，大多数也都鼓励病人参与，所以像奇美医院安宁病房为明荷阿姨举办画展这样的做法，在很多的安宁照护团队中，也很常见。

第 四 章

最隆重的爱，
是为你铺好一条回家的路

回家，好难

常常，我走近一个新面孔的床边，那白发皤皤的
爷爷、奶奶甚少一开始就关心自己的病况与医疗需求，
反而总是幽幽地说："医生，我不想住院哪。我想回家。"

如果，某一次离开家门的就医，会让你一辈子再也回
不了家，你是会忍着病痛，就这么坚持在家中待着，还是多
眷恋地看上几眼呢？

每一回，想着眼前的病人，在离开家的那一刻，总是走
得如此急促，甚至不曾想过就此与家诀别，我总是感到心
里强烈的疼痛，而我也总是没有勇气，问上家人一句："你
们为他感到心痛吗？"

虽然，有时我无法辨认那些在家人心中为此遗憾或舍
不得的分量到底有多重，我知道的是，家人通常不会没来
由地不肯让病人回家，而是那照护的复杂性以及承担生死
的重量，让他们挑不起，于是只好害怕地做出另一种他们
认为对病人，也对自己更好的选择——让病人前往护理之
家，接受长期照护，或是在医院往生。

这样的回家，还有没有意义呢？

卢奶奶终于要回七股盐山的老家了。听到居家护理师对我转述，我欣慰得都快要落下泪来。

感觉即使在生命与健康上，我们已经无法帮上忙，但至少在重要的心愿上，终于帮上了奶奶。可我还是挥不去内心的难过，因为奶奶遭受癌细胞与严重感染攻击的身躯，已经破败，无法再供予她的灵魂居住了。她处于即将启程，前往极乐国度的状态已经有一阵子，然而，此时此刻，她却无法用清明的双眼，再看看她想念的老家，只能在高烧呓语中，搭着救护车回老家与世长辞。

究竟这样的回家，还有没有意义呢？中华文化的落叶归根，造成了医院里非常多的病人家属，要求让病人留一口气回家，但是因为担心无法应付临终的照护，家人常提出"形式上返家"的要求，我们自然总是慨然应允。

但我却总是思考，已然没有任何气息，却形式上挂着氧气面罩返家的那一口气，是为谁而留的呢？又是在安谁的心呢？

病人家属的担忧与惧怕

常常，我走近一个新面孔的床边，那白发皤皤的爷爷、奶奶甚少一开始就关心自己的病况与医疗需求，反而总是幽幽地说："医生，我不想住院哪。我想回家。"

"医生，他没有好起来，怎么可以出院？"

"医生，他这样怎么叫作稳定。我们回家，要怎么照顾？"

家人们常常在听到出院两个字时便如惊弓之鸟，即使，我多年陪伴安宁病人的经验，已经让我对于家人质疑出院的合理性不再感到挫折，但对于家属如此地惧怕照顾，还是常会深深地叹息。

"现在他的器官功能都在退化。退化是一种慢性的状况，一定会有症状的。我们已经把他的症状控制得让他舒适很多，现在没有哪些治疗一定要在医院做。我们会教你们照顾的技巧，告诉你们，他突然有不舒服的时候要怎么做，也会安排居家访视喔！"

"医生，你要跟我们保证，回家不会再有症状，不用再来住院。"

"医生，在医院，我们比较放心啦。没关系啦，不要听他乱讲什么要回家。医院照顾比较好。"

"妈，你乖乖听医生的话，我们很快就会好了，就可以回家了。"

医疗无法带给生命最后一程的病人什么样的满足与改变，但是回家可以

有时，我会在现场静默，因为我既无法保证，也无法无视，病人从来都不会乱讲，更不可能给一个即将走上生命最后一程的病人"听我的话，就会好"这样的结论。

然后，我会在静默后，坐在病人的床边，问问他，想回家做什么；如果真的无法再回家了，是否会很遗憾；家人刚刚说不能让他回家，可能是在担心什么事情吧；如果很想回家，我们给彼此一点时间准备，好吗？

大多数的时候，病人虽然有点不情愿，但是会点头答应。然而，同样的循环出现了好多次之后，病人或许会对所有的人生气。

他或许再也不说话，他或许心里烦闷，使身体症状加剧，于是，呼叫护理师的红铃频频响起。查房时，医师听到的抱怨越来越多，而这一切的不顺遂与不舒适的起因，却无法碰触，以致这一切的紧绷，越演越烈。

甚至家人被病人闹得烦了，还会把我叫出门外："医

师,拜托你,不要再继续跟他说可以出院了。如果健保真的不能让我们继续住,我可以自费。或是我会加快找赡养中心,但是,我真的无法带他回家。"

有时,这种家人自个儿联想到健保规定而为我找的台阶,还真是让我哭笑不得。但这一切无法抚慰我淌血的心,因为我太了解医疗并无法带给生命最后一程的病人什么样的满足与改变,但是回家可以。然而,无论我用尽多少的力气,没有尽头地说明着,仍旧改变不了现实。

绝望的奶奶,再不愿开口说话

曾几何时,口口声声的落叶归根、寿终正寝,早已不复存在,变得扭曲不已。我每天都在推着由家属层叠而成的铜墙铁壁,只为这些病人或是长辈,寻一个转圜的余地,让他们能在意识仍清明时,回到自己最安心的处所,静望那一方熟稔的砖墙,嗅闻那伴了大半辈子的气味。

有时候,病人不停地谵妄与躁动,只要回家就会好了。但是因为无法透过实行回家的策略来做验证,我们的病人常常就这样心里痛苦得一路躁动到生命的末尾。七股盐山的卢奶奶,就是如此。她不平静,我们都知道。住院诊断癌末,到出院,直至病危,前后不出一个多月。

奶奶因为解便不顺，长期灌肠，殊不知已是肠癌末期并严重肠阻塞。一心盼着住院后，症状改善，可以不用再灌肠，然而，检查与治疗越做越多，身体状况却是越来越糟，而孩子们缄默不语。

奶奶急了、倦了、绝望了，她一步一步地退守，最后只求，若是要死，让她可以死在家吧。

而且，这些爷爷、奶奶希望的临终，可不是最后一刻死在家，而是赶紧地离开医院，在熟悉的地方享尽余生。

卢奶奶无论如何冲撞，都无法如愿。因此，她像个蚌壳一样，把自己紧紧闭住，不愿意说话。直到我们问起她过去的工作时，她才既缅怀又骄傲地说，自己是辛苦的盐工，就在那座"被踩得好扎实，现在已经黑噜噜的盐山"附近，操持着她一生的责任。

但除了聊聊往事的少许时间，奶奶总是充满着无奈、愤怒与忧郁的情绪。

生命结束前，最重要的一件事

我开了一次一个多小时的家庭会议。每回巡房，总是一次次地沟通，近乎拜托地希望家属，可以让我和奶奶谈谈现在的病况、她的心理需求，以及未完成的大小心愿，但他们总是不愿意。

奶奶除了想回家,还想去某个神坛求平安符,但儿子以听不懂,不晓得那地方在哪为由,非常轻易地否决了奶奶的想望。

于是,奶奶又不说话了。直到在安宁病房团队的照顾下,症状趋于舒适、稳定。我跟她说即将安排她回家的那一刻开始,她脸上才又现笑容。

但我说不出口的是,孩子并不打算让她回老家,而是让她与初至台湾,语言与照护老人都极其生疏的外籍看护工,一起回儿子家。

我看着她的笑容,在心里忖度着,卢奶奶还有多长的余生,可以让我继续努力为她奋斗着这生命结束前最重要的一件事。

出院后一周,我前往儿子家里看望她,发现卢奶奶高烧不退、血压下降、呼吸急促、嗜睡,种种迹象显示奶奶大限将至,但她依然困顿地窝在儿子家某个房间里一方电动床上,被苍白的墙面还有车库的铁门围绕,而不是盐田咸润的空气和未被高楼阻挡的乡野阳光。

我又开始游说。一次又一次地引领着家属,去面对奶奶的心愿,去正视她最需要被满足的需求。此刻,所有的医疗与药物都帮不上忙,能牵着她的手,走往死生之门的,只有家人的爱与陪伴，还有老家的庇荫。

直到我离开奶奶的家，他们都还没能下个决定。所幸，下午得知奶奶即将启程的消息。

残忍的场景，却天天上演

我于是想起另一桩故事。在那段故事里，我不停地被重量级人物关说施压，几位儿女硬是不肯让高龄九十好几，想要在老家优雅辞世的心衰竭母亲，离开医院系统。奶奶从离开老家来到急诊的那一刻起，与她数十载相连的根就被狠狠切断了。

这样的故事，层出不穷。

回家的路，越来越长，越来越颠簸，直到人生的烛光烧尽，都还走不进那个门。曾经那么轻而易举就跨过的门槛，曾经在里边那么自在欢笑哭泣一生的楼房，如今，连再次感受，都比登天还难。

生命的最后一段路，所见尽是冰冷的病床、单调的病床铺单、苍白的墙壁、几面之缘的医护人员，而且，常常还挂着鼻胃管、尿袋、引流袋、点滴针头，咽下最后那口气的当儿，往往鼻胃管里还灌流着营养配方，护士还推着一管子药，臂弯上还绑着血压带，脸上罩着呼噜噜作响的氧气罩，心电图机哔哔哔地响个没完。这样的场景，想到就觉残忍，却天天上演。

大多数人可能都希望，如果，这是生命中的最后一刻，我们可以穿着一袭最爱的衣裳，在最熟悉的那把椅子上，摇入梦乡，安然而美丽地长眠。

而我总梦想着，有一天，我能在医嘱单上，铿锵有力地写上一句治疗的嘱咐："回家！"

最后一里路的

安 心 锦 囊

————

大多数人都希望在家往生，但是，数据却显示，最后大多数的病人都在医疗机构中过世，国内外皆然。

到底，让重病的人返家这件事情，有多么困难，竟让大多数的病人都无法如愿呢？

不知道如何照护：面对排山倒海而来的症状，家人即便有心要带病人回家，也担心在家中若遇到病人有突发症状时，自己无法因应。因此，让安宁居家团队来协助是必要的。

除了由医师评估返家后，可能会有哪些症状发作，应当用什么样的药物或是方式来缓解，并备妥足够的药物，以及安排能二十四小时联络的电话，好让心慌的家属可以随时来电咨询，另外，也需预演一旦在家的症状照护或缓解有困难，甚至需要返回医院处理的流程为何。

同时，返家前，医疗人员也会教导家属濒死症状如何判断，以及这些症状，是否会对病人造成舒适度的影响，是否需要介入处理。

担心无法开立死亡证明书：在家往生的病人，只要备妥诊断书或是病历，均可以联系当地卫生所的医师（目前台湾部分从事在宅医疗的医师，也可以协助开立），顺利地开立死亡证明书。不必因为证明书而将濒死的病人送回医院，增添病人的痛苦、不适。

担忧回家的照护质量，或是医疗可近性比医院差：对于末期的病人而言，医院中的交叉感染，过度医疗所引发的并发症，或是长期住院，所引致的失能和低落的情绪，都对其疾病状态和生活质量没有帮助。

回到熟悉的环境，除了对病人的休息睡眠、心绪的稳定，以及避免交叉感染风险等方面有极大的帮助，文化上，在家的环境是最不会有被隔绝或是被遗弃之感的,这对于让病人心理、灵性圆满走完一程,通常也是不可或缺的。

而只要有安宁居家团队的指导,居家环境其实还是可以进行很多方式的照护,并不一定需要租、借病床,或是将所有的设备、仪器都放在家里,病人才能得到很好且舒适的照护。

穿着寿衣的奶奶

每进行下一个动作，我们的心就被多扎一下。
奶奶这两日过得有多么辛苦，实在不敢想象。

　　浅金缀咖啡色布缘的扉缦，将阿玉奶奶小儿子的住宅团团围住。任谁都会觉得这是一个告别式的会场，因此当我们的安宁居家服务公务车停在门口，便遭来多位邻居的侧目，而一张原本摆置在客厅中的茶几和几张座椅，就放在骑楼下，阿玉奶奶的家人们就坐在那儿。

　　我想，夜间若还有家人坐在这儿，走访而过的人，肯定会更加觉得是在守灵吧！

临终的过程有多长，难以预计

　　这不是第一次我们到家中访视病人时，家中已经安上告别式会场的布置。因为落叶归根的东方文化与华人习俗，病人常常会在生命征象不稳定，或是行将吐纳最后一

234

口气时，急急搭上救护车返家，以便能在自己的住所离去，也象征着一生飘浪后，又回到了熟悉而安全的港湾。

但是临终的过程究竟会有多长，时常难以预计。病人回家之后，有时往往还是会在家中待上数小时，甚至数日。若是一切平顺，自是人人心安。若临终症状较为不适者，安宁居家团队就会安排到家中访视，进行病人临终阶段的药物给予和照护指导，以确保病人可以身心平安地走过这最后的一里路。

但即便病人不是返家后，立即咽下最后一口气，家人往往也都会同时进行并厅、诵念经文、布置灵堂等礼俗事宜，而病人就在并厅的木板或铁板上躺着。

和门口的家人打过招呼，便揭开扉缦进入。这是阿玉奶奶回家的第二天了，因为仍有非常明显的呼吸，家人便尚未进一步设置诵经供桌与拈香牌位。

阿玉奶奶一身烫金的寿衣，就躺在一张狭窄得只容得下她的身躯，布满空心孔洞的铁板上。

对奶奶有说不出的心疼

我们趋近阿玉奶奶的身边，一边听着她尚称平稳的鼻息，一边询问家人，这几天可有替她翻身擦澡、更换尿布。

家人说，这是小媳妇的工作。不过，因为想到奶奶很快就会走了，所以这两天都是这样摆着，没有人靠近她。

此时，我们对奶奶有说不出的心疼，但在开口和家人商讨该如何照顾奶奶之前，先进行了医疗上的评估，确认她是否正处于临终状态，然后替奶奶检视是否已有排泄物浸润，以及是否因多日未挪动，身上出现褥疮伤口。

我静静凝视着奶奶的胸廓起伏，用听诊器判别奶奶的心跳强度与心率，触摸手脚末梢的温度和脉搏，诊察巩膜是否水肿。

护理师则在向奶奶告知后，缓缓地、一件件地脱下已着装多日的寿衣，想要确认尿布是否有尿液以及其他的排泄物。

那是一个户外气温高达二十七八摄氏度的上午，奶奶上上下下总共穿了八件衣物。因为心肺严重衰竭而导致的全身性水肿，让她的手指也肿得非常厉害，皮肤被撑得紧绷，看起来随时都会破裂，并且伴随着底下的组织液渗流。但这些指节上，箍紧了满满的金饰与银饰，掌心也握着装有手尾钱的红包。

每进行下一个动作，我们的心就被多扎一下。奶奶这两日过得有多么辛苦，实在不敢想象。

终于解开了尿布，已经浸满了尿液，也解满了黑糊便。

护理师转头请家人准备湿纸巾、沐浴乳以及温水，还有新的尿布，想要先替奶奶好好清洗一番。结果小媳妇说，湿纸巾和尿布都没有，要等她去买。

二儿子的为难与踟蹰

我们把在外头待着的二儿子带进屋内，陪伴着他，一项项检视着奶奶的身体状况。想要让他明白，奶奶看起来还没有出现临终症状。想要和他讨论，是否能把奶奶挪回房间，睡在一张普通的床上，然后进行身体舒适的照护。

二儿子表示为难。因为奶奶的房间其实不在我们当下所处的小儿子家里，但是奶奶的最后一口气，又一定得要在小儿子家咽下。

万一让奶奶回二儿子家的房间，到真正临终的时候，赶不回小儿子家，这样子，问题会很大。他不知道该怎么应付这种情境。

二儿子是理解奶奶现在的身体状况的，也知道因为尚未处于濒死状态，应该要回归原本的生活，进行安宁舒适照护，却因为担心任何有别于现在的安排，会导致来不及把奶奶送回小儿子家，因此让他踟蹰于下一步的决定。

但是，为何反复担忧着来不及回这车程相距其实也就十来分钟的小儿子住所，甚至，那忧虑还胜过如何让羸弱的母亲舒适过完这段日子，实在耐人寻味。我想势必有个因素，困扰着现在与我对话的二儿子。

我想起居家护理师曾传达给我的一个讯息，当时阿玉奶奶在加护病房呼吸器的辅助之下，心肺功能仍逐步恶化，二儿子听到或许可以考虑让奶奶撤除呼吸器，返家善终，马上在加护病房内，要求立刻把呼吸管移除，要将奶奶带回家。但因为担忧拔管后的奶奶仍会有所不适，而且如此仓促，恐怕也难以安排安宁居家团队顺利衔接，加护病房的照护团队建议儿子缓缓，等都安排妥适了，再共同安排奶奶回家。

结果，二儿子忽然情绪高涨地在加护病房内拍桌，可以说是盛气凌人地撂下一句："有什么事，我自己负责。你给我办出院就对了！"便立即将母亲带回家了。这与我眼前这个细细听着我解释奶奶的生命征象如何评估，现在是否为临终期，黑糊便所代表的肠胃出血状况该如何理解与因应，并娓娓诉说着当时父亲临终时细节的人，感觉起来有很大的落差，也让我更好奇背后的原因了。

"听起来，奶奶要在这里往生，是很重要的一件事，我可以知道为什么吗，是阿玉奶奶自己的交代吗？"我问二儿子。

"我妈妈没有说过要在哪里离开，但是我弟弟说，他的家是整个家族里最气派的，妈妈在这里往生，我们在亲友间才会最有面子。但是，其实妈妈最熟悉的居所，是我们家，因为她的房间一直在那儿。当时弟弟也是在医院听说妈妈快要走了，所以才要我赶快去医院把妈妈带来这里。"二儿子回答我。

他所述说的这段话，已经让某些坚持的原因水落石出了。

让返家临终的病人，真正身心安顿的方式

过去，在陪伴病人和家属选择临终形式与地点时，像这样的情形，并不罕见。或许对于世间的疾病，已经很难为病人做些什么，家人便把一片心意，都寄托在慎重的告别仪式上，仿佛那是从临终时刻开始，最重要的一件事。

然而，又因为目前风气对于死亡这件事的讳莫如深，因此虽然不少礼仪公司的服务日臻精致，也包山包海，但对于返家后尚未临终的病人，该如何陪伴与照顾的知识与能力，却付之阙如。

于是，时常会出现像阿玉奶奶目前所遇到的状况。家人非常单纯地认为脱离呼吸器的病人，一定会马上往生，

回到家后，就是将病人放在并厅的堂上，等待他咽下最后一口气。

而且，为了避免往生后大体的挪动，还得先把往生后欲着装的衣物和首饰，都赶紧穿戴上。然而，对于还有很多微弱反应的病人来说，这最后的时光如此度过，恐怕是比在医院接受治疗更加辛苦的。

而且人在刚往生时，身体还是会把多余的秽物排出。此时，家人也往往手足无措，不晓得该如何处理。

我走出门外，和聚集在门口的儿子、媳妇，还有病人的手足们，详细解释了刚刚的评估，明确告知奶奶并不会在这几天往生的判断，并提醒将奶奶安排回她的房间，进行身体的清洁，避免伤口的产生，简单地润湿口唇和少量地喂食，仍是必要的。

这样，才不会让奶奶受尽苦楚，也能让她真正身心安顿。虽然我们一向无法准确估计病人还有多少时间，但每周都会前来家中进行安宁居家访视，也会协助他们评估奶奶的生命状态。

同时，我们也确认了一旦奶奶在二儿子家中出现临终症状后，各种不一样的情境该如何应付，后续如何让礼仪公司接手，死亡诊断书如何开立。

二儿子为妈妈戴上智慧手环

这时，二儿子忽然挺起胸膛来侃侃而谈，对着这些家人说："妈妈还没要走，我们应该带她回我家，继续照顾。妈妈是个退化衰竭的老人家，什么时候要走不知道，或许几个礼拜，或许几个月，但是走之前的每一天，我们都要像之前一样好好照顾她，不是放在这里，她很辛苦，而且医师、护理师都会来家里帮我们。"

看着其他家人如释重负并连连点头称是的表情，我也放下了心。

或许直到此刻，他们才在一定要让妈妈在最气派的房子里过世这件事以外，找到了其他自己可以使上力，为妈妈再做一些什么的方法。

有时，人们的坚持，来自自己对于某个观点的深信不疑。或许，我们并不必去质疑或否认这个坚持的对错，而是同理其目的，并帮他们打开更广阔的视角，他们自会找到一个共同而不冲突的方式，并仍往同样的目的迈进。

安宁照顾有很大程度便是应这样的照护价值而诞生的。让善终这件事，在多元的意见和价值中，使每个人都找到心安，也感受自己所能付出的与其所代表的意义。而这件事的力量，从来都不是外来的，而是这个家庭中原有但曾被隐蔽的。

"医生,你刚刚用手摸我妈妈脖子和手腕的脉搏,可是,我不会摸,怎么办?"二儿子忽然问我。

"那你们有血压计吗?或是我拉着你的手,再教你摸一次?"我问他。

他还有些犹豫,应该是不确定自己是否能胜任,但还是把手伸出来,露出了右手腕上的智慧手环。

"啊,医生,我可以用这个帮妈妈量吗?"二儿子看着显示出自己心率的手环,充满期待地问着我。

"可以喔!"虽然肢体周边的脉搏在血压下降的过程中会先失去,然后才是身体中心的脉搏,不过至少是个办法。当周边已经量测不到时,的确也是一种临终的判断征兆。

看着立刻解开自己的智慧手环,蹲着帮妈妈温柔戴上的二儿子,实在很难想象,这是当初加护病房团队眼中,恶狠狠、不近情理、不顾母亲是否舒适的家属。

一个月后,护理师捎来讯息,说阿玉奶奶回天上了。后来这一个月在二儿子家她被照顾得很好,最后也有顺利地回到小儿子家,举办告别式。

每个家庭的故事,都有它深刻的脉络,我们不系铃,亦不解铃,只是试着重新排列或翻转它们。

这本来就是一排可以奏出美妙乐音的铃铛，而我们只是协助，找出了秩序，让它们生出原本就有的美好能量，弹奏出和谐的乐章。

我为着能一直在每一日的照护与陪伴中学习这件事而感到幸运。

最后一里路的

安 心 锦 囊

———————

医师说我们的家人状况已经不好了，而因为想要落叶归根，所以我们提早带亲爱的家人回家。可是，接下来我们该如何照顾呢？

临终的病人，视其身体状况的变化，仍旧可能会有肠道排泄物、伤口分泌物、肠胃道分泌液等，所以可以先让病人穿着一般的简单衣服，好进行清理。另外，也必须记得持续帮病人翻身、更换尿布、润湿口腔等基本照护，病人才会舒适。

如果有任何宗教、文化上的习俗，例如，在死亡后不能挪动大体等，也必须要先将这些习俗与期待告诉医护人员，医护人员才有办法协助你们，安排一个不会出错的计划，并且提醒何时该联络何人以进行后事的安排。

水姑娘一号和水姑娘二号

> 我们将古月伯伯挪到了他在家中熟悉的矮木板床上，
> 无法敏捷沟通的古月伯伯，马上安静了下来，
> 甚至在几分钟之后，在我们和家人的对话声响中，非常安稳地睡着。

"宛婷医师，古月伯伯今天早上离开了，很平安，而且我在他身边喔！"

瞥见震动的手机屏幕上出现这则讯息。霎时之间，泪布满眼帘，根本无法顾及自己正身处研究所的课堂上。

"谢谢你，我差点掉下泪来。"我飞快地打了几个字，回给安宁居家护理师淑娟。

"你知道吗，我早上本来以为我赶不到他身边的，但是我赶到了，我也哭了。等我们见面，一定要抱在一起，好好地哭一下！"

淑娟护理师可能怕我眼泪没有掉下来，特别加足马力地又催了这么一句。

生命最后的时光,不再惊慌、无助

从安宁居家团队接手照顾古月伯伯的那一天开始,他的家人付出了所有对他的爱与对团队的信任。所以经历了各种辛苦而颠簸的治疗,终于回到家的古月伯伯,在他生命最后超过半年的时光,便没有再惊慌过,也没有被无助地留在医院中。

有时我会想,如果那么多的长辈知道自己一旦被送上那辆救护车,前往医院之后,这辈子,直到生命结束的那一刻,都再也回不了家,他们会不会使尽力气,捍卫连着自己与家的根,拒绝去当在医院中无奈又遗憾的浮萍呢?

想在家善终的病人无法在家,想回家告别的病人无法回家,这些同时也在我们心中刻下伤疤的故事,足以让我们为古月伯伯的故事,欣慰得哭上数百回。

在家创造的故事,很美。把过度的医疗从生命最后的时光中移除,会看见以爱扶持的韧性和光辉。

回家后的末期病人所最需要的

第一次见到古月伯伯,他正被摆在一张铁制病床上,无法移动。

经历了脑部恶性肿瘤的手术，加上放射线治疗，还有治疗过程中并发的心肌梗死和右腿深部静脉栓塞，古月伯伯几乎呈现卧床状态。

家人为了能够好好地在家照顾他，所以想办法找来了一张病床，塞进那三合院古厝中他的房间，正如同大多数听到医师要他们回家照顾自己生病的家人的那些焦虑的家属一样。

很可惜，那些最好的医疗、最好的设备、最好的辅具、最好的改建，都不是这些即将回家的病人所需要的。

他们需要的，唯有熟悉感与安全感，而且一再令我们讶异的是，熟悉感与安全感比任何的药物或医疗更能让我们的病人有起色。

我们将古月伯伯挪到了他在家中熟悉的矮木板床上，无法敏捷沟通的古月伯伯，马上安静了下来，甚至在几分钟之后，在我们和家人的对话声响中，非常安稳地睡着。

矮床或许让古月伯伯安心与习惯，但一旦出现长期卧床后褥疮的并发症，硬木板床将让一切更加恶化，而在那之前，低矮的床铺，也相当不利于必须常常弯腰施力的照护者。

我把"习惯"和"预防卧床并发症"之间的天平拿捏，清楚地解释，让家人明白接下来要面临的问题是什么。

淑娟护理师便接着我的内容，开始教导家人，就着家庭中原有的每个环境与规划，如何运用照护技巧，保护病人与自己。

古月伯伯的女儿，忧心忡忡地和我提到希望可以继续治疗的问题。她询问如何判断父亲的身体状况是在下坡，以及何时应该回到医院。他们很怕在家的照顾会因为没有专业人员的协助，错失了还能治疗或挽救父亲的机会。

我们花了很长的时间深谈，从回顾治疗的历程，如何共同做出返家的决定，爸爸的个性和生命观，到家人最希望与最不舍得面对的境况，白话地描述古月伯伯可能会发生的状况，以及综合所有考虑后最有利的选择，安宁居家团队对如何做一个滴水不漏的救援和协助角色都有了全盘的计划。家人也因此放心许多。

伯伯爱喝的咖啡

"爸爸，吃完药，就可以喝咖啡了喔！"

虽然像个失智的长辈一样，会忘记嘴巴中有药，该吞下去，或是常像个孩子一样，任性地摇着头，表示不要吃饭，不要吃药。但听到咖啡，他就会缓缓地举起药杯就口，然后愉悦地喝下解决了药杯之后太太或女儿递上的咖啡。

还有，他一点也不爱清粥和营养的配菜，那些拌着酱油膏，咸甜得恰到好处的煎粿或肉粽，才是他愿意张开口就食的幸福滋味。

"爸爸以前是不喝咖啡的，但是那时候在放射线治疗室外等着做电疗，姊姊去买了一杯咖啡，爸爸一喝就爱上了。现在就算有时候会不太认得我们，但咖啡还是一定得喝的！"

不只咖啡，古月伯伯其实还老犯着在指节间夹香烟的瘾头，于是，在完成了一天的照护功课之后，坐着轮椅，待在太阳斜斜晒着的庭院中，吐出一个个无忧的小烟圈，也是必得要做的大事。

古月伯伯睡的时间越来越长了，但他大多数的生活习惯与要事，依旧被家人贴心地维持着。

我们在他庆生之后的隔周做家访时，已经越来越少有言语和表情的他，看到我和淑娟护理师，突然很开心地回答我们，他有吃蛋糕。

女儿逗起他来："爸爸，你都不理我们，只理水姑娘喔！"

淑娟护理师顺势问古月伯伯："伯伯，谢医师是水姑娘一号，我是水姑娘二号。对不对？"

古月伯伯的脑筋线看起来还接着，很快地回答："呵呵呵，对啊！"

"那以后水姑娘一号和水姑娘二号常常来看你，好不好？"淑娟乘胜追击。

"好啊！"又是一个看起来让人好暖心的笑容。

安宁居家照护总是如此神奇。

虽然我们面对着一个其实一点也不容易的疾病，我们面临着挚爱家人的遗忘，逐步从生命中淡淡褪去的身影，我们承受着焦虑、害怕、不舍，但是在这一切之上的，却是爱与温暖，深深地包容与呵护着这一切，于是不管再困难，都看到坚持的美丽，也缓和了心中的交战与不确定感。

居家照护的病人和家属，绝大多数的时候，都比在医院中见到的平和、稳定，以及幸福。

请别把伯伯送来医院

除夕，摆了满满的一庭院桌席，仿佛每一个过去的新年一样。古月伯伯在家贺岁，有烟火、有太太一手张罗的年菜、有承欢膝前的大小儿孙。在家的古月伯伯，一点都不像病人，而且不需要面对管路、针头、药剂、病床、冰冷的白墙、此起彼落的机器警示声和红铃声。

这就是对他最好的医疗和照护。一路走到这里，家人同我们，都是如此深信不疑。

但我们还是有一些工作得做，那就是和家人谈论当伯伯身体的功能必然地更加衰退之后，会面临什么样抉择的心理煎熬，以及如何持续地做一个对他最有利的决定。

我极力说服他们，无论如何都不要把伯伯送来医院。

我有很多的理由，因为我看过太多原本在家被建构得好好的安全感，从一踏进医院后就开始溃堤，而且永远修补不回来。

病人在谵妄所带来的幻觉、痛苦、躁动中离开，因为我已经可以预期伯伯的下一个生命阶段，已经不是高科技医疗可以带来恢复或是舒缓了，因为我知道越接近生命的尾端，一旦去到医院，就会越难回到家。

家人落着泪，但他们听得明白。

最重要的，是安宁居家团队向他们许诺，如果爸爸不舒服或是受着苦，我们会让他们看得出来，而且还会帮助爸爸摆脱那样的状态，而我们一向乐于承担起这些越来越重的依赖与信任。

当古月伯伯完全无法进食的那一天到来时，他没有被尝试置放鼻胃管，家人因为事前的讨论而可以沉静。

一场好多眼泪的对话

他在自己最熟悉的矮木床上，断续睡着，感受家人轮流的陪伴，而在皮下输注的点滴维持一段时间后，我带着家人辨识他那逐渐耗损的生理状态——几乎无法被唤醒的意识，因为肿瘤的异化作用而快速消瘦的恶病质身躯；同时一起欣慰地去摸索、辨认他持续安稳的心理状态——没有躁动，没有非言语的疼痛表达，没有过度医疗带来的副作用，然后，我们一起进入了最艰难的对话。

"爸爸将要离开了，现在的医疗就算持续着，能延长的时间非常有限，而且他会开始变形，逐渐变成不是我们认识的模样。我们让他在最自然、舒适、帅气的样子中，去到一个更好的世界，去找下一生和我们再续的缘分，好吗？"

那是一场好多眼泪的对话，但眼泪中，我们谈到了拍摄照片、影片，如何持续地向古月伯伯传递他熟悉的声音与触摸。告诉他，我们那么敬爱他、感谢他，并且再次向他们肯定这一路走来，其实并不容易的照护。

在我们的眼中看来，每一个家人都可以问心无愧。古月伯伯得到的都是最好的。他们是多么伟大，且让我们敬佩地完成了许多家庭并无法完成的任务。

淑娟说古月伯伯在等她。那天，她原本安排了另一场家访，快要结束访视时，接到古月伯伯的太太来电，说伯伯好像快要离开了。

淑娟一路疾驶向古月伯伯的家，来得及看见伯伯的眼睛望向她，然后缓缓地、安心地阖上了。

替古月伯伯擦澡更衣、做着身体护理的淑娟，泪水迷蒙着双眼，嘴角和心里却满满地是笑意。那是曾经一起深深地联结在一段故事里的人才能体会的满足，还有感谢。

"亲爱的水姑娘一号和水姑娘二号，我们很开心在爸爸生病回家之后的日子认识你们，谢谢你们成为我们最强大的后盾。我想爸爸直到最后一刻，都是开心而且安心的，因为有这么'水'的两个医护人员照顾与看顾着他。再次替爸爸谢谢你们！"

古月伯伯，水姑娘一号和水姑娘二号，即使到现在，都没有感觉和你分开。你也是，对不对？

最后一里路的

安 心 锦 囊

———————

罹患失智症的病人，真的有办法在家里被照顾，不需要回医院吗？

失智症不只是脑部的退化，连带的，也会造成身体各种机能的衰竭，因此睡眠时间紊乱、谵妄、吞咽困难、肠胃道吸收不佳、心肺机能下降，都是过程中自然会出现的症状。

退化到接近末期的时候，病人会陷入自己的世界，失去与外界反应的机会，但是因为不是昏迷状态，所以病人还是会出现睁眼、微笑等反射，或是类似情绪表现的反应，但通常对于眼前的人事物，已经不具有认知的能力。

照护罹患失智症的家人，必须能够接纳他身体各种机能的退化，以病人的认知和身体功能可以接受的步调和方式来照护他。试着轻缓说话，以肢体温柔地引导，建立提醒病人日夜周期的模式，给予病人爱吃的食物，即使病人只吃一两口，不过需要挑选病人较为清醒的时候才喂食，以避免呛咳。

失智症的病程通常较为冗长，但到疾病最后的阶段，病人常会像快要关机一样，也因为免疫力下降而产生各种感染。此时的照护，不应再以急性病症治疗为导向，可在安宁居家团队的协助下，做些感染时的体温、咳痰等症状的处理，以舒适为目标。因为若是反复回医院以管路喂食，或是施打抗生素，并无法逆转病情，也无法让我们亲爱的家人感到舒适。

还好，你告诉了爸爸实话

大多数的人，总认为把真正的病情以及预后告诉病人，就如同打击士气，病人肯定会一蹶不振、丧志忧郁，甚至为此寻短。事实上，这是个充满了错误的想法。

当已经移居另外一个世界的深爱我们的人回来探望的时候，我们一定会知道。我如此肯定，是因为顺益爷爷让我明白过。

某日晚间，我整理着从门诊转介安宁居家收案的病人资料。在时间不停往前推进的时候，顺益爷爷的转介单，映入我的眼帘，我的动作停了下来。想起顺益爷爷离开之后，孙女当天立刻为爷爷完成的生命回顾影片。居家护理师与我都在第一时间收到了孙女那满满的爱与思念。

隔天，碰到了顺益爷爷生前的安宁居家护理师。她说昨晚孙女捎了个讯息给她，说在网络上看到我的某篇专访，孙女就这样又想起爷爷，以及我这位一直照顾着爷爷的医师，希望居家护理师告诉我，她谢谢我，为了病人一直用各种方式，努力着传递理念。

如此巧合！我相信在那个夜里，顺益爷爷一定是回来了，到每个他深爱的人身边看一看，所以我们便都用了不同的方式触及、想起爷爷，而即使爷爷已经不在了，我们仍旧能在爷爷牵引的默契下，延续着我们之间对彼此的关心。

在她们心里长出了更多力量

听说，顺益爷爷过世后，他的女儿和孙女对安宁团队的照顾一直感动于心，因为安宁团队让爷爷能放下心中的牵挂，安详地走完最后一段路而毫无遗憾，所以只要是安宁病房所安排的活动，她们一定热情参与。对她们来说，每一次的相聚、聊一聊爷爷，都在她们心里长出了更多的力量。

而这一回，恰逢安宁病房成立十周年，每年都会在世界安宁日举办的活动，此次盛大举行，以推广安宁照护与病人自主理念为主轴，设计骑铁马[1]大会师，扩大举办规模。

当我领着病友与家属骑完预定的路程后，我和顺益爷爷的女儿、孙女在还车领回证件的地方碰了头。孙女好兴奋，先叫住了我，然后和妈妈说："这是谢医师啊，当初照顾阿公的谢医师耶！"

1　铁马，台湾地区习惯口头用语，即自行车。——编者

女儿开心地拉住我的手，说："谢医师，真的不知道该怎么表达我们的感谢。幸好，你当初告诉了爸爸实话，他才能这么有准备又安心地过完他的一生，而且，还如愿地回到了家。"

病人渴望知道自己的病情

大多数的人，总认为把真正的病情以及预后告诉病人，就如同打击士气，病人肯定会一蹶不振、丧志忧郁，甚至为此寻短。事实上，这是个充满了错误的想法。

在我们的经验中，若是隐瞒病情或是给予不实的鼓励，病人是一点都不开心的。有什么比在一个充满不确定感，又遍寻不着答案的汪洋中漂浮，来得更让人不安呢？

不实的鼓励，如果没有得到持续性的支持，而只是让病人眼巴巴地盼望一个根本就不实在甚至与实际状况相反的结果，有时会加重病人的挫折感。而这些都是末期病人灵性平安受阻，常见而重要的原因。

国外的研究甚至发现，病人其实是希望知道病情的，而且在清楚知晓的情况之下，病人将有更加笃定的心情，也更愿意直接去面对自己的善终安排，忧郁与焦虑的情况更是大幅减低，甚至不需要任何额外的用药。

但即使如此，能够有勇气的医师与家属并不多，也因此，许多病人常在那些刻意的隐瞒下，盲目碰撞得遍体鳞伤，而家属也在病人一次次的叩问与逃避中，耗竭了身心。

然而，就算是经过引导深谙此事的家属，在照护关系结束一段时日后的重逢，想要对医师表达感谢时，说的不是"谢谢你照顾我爸爸"，而是"谢谢你，当初告诉了爸爸实话"，还是一件挺不寻常的事。

足见在"实话"背后，有一番珍贵的动荡发生，家属心中才充满了无尽的感激，认为这是一件最重要的事，所以与我回馈时，一定得先向我谢谢这件事。

家人的三大无憾

我想，病人因为听进去了这句实话，将人生最后的计划重整，也让家人明白了他的想法与牵挂，是家人的第一大无憾。而家人其实也因为同时听见了"实话"，孙女因此更果决地辞去了工作，重新体验了幼时的祖孙亲昵之情，在病人最后离去之时，心中充满了满足，是家人的第二大无憾。而透过"实话"，凝聚了那些原本就在心中，却一直不敢启齿的爱，生怕道了爱，就像启动了什么样的开关，病人就会离世，而"实话"正好透过第三方角色的力量，让这一家人明白，早在他们担心的可能丧志或忧郁之前，这些事实本就中性地存在着，于是更可以大胆地说爱，这是家人的第三大无憾。

这些影响至巨，也因此时时萦绕在家人的心头，一旦有机会和我说上话，便是那么明确地想要表达对这件事的感激。

连站都站不稳的爷爷，坚持出院谈生意

"有一笔生意快要谈成了，很大笔的。我要撑到这件事处理好！"是什么样的一笔生意，爷爷不肯说。为什么重要到非完成不可，爷爷同样不肯透露。据陪同前来的女儿和孙女说，其实，他们一家生活无虞。爷爷要谈的生意，她们略微知晓，但是，细节她们并不知道。

事后，我才知道，原来爷爷的儿子守成较为不佳，一直都是爷爷在挣生意的钱，扶持着儿子和孙子。这笔非谈成不可的生意，也是要留给儿子的。

当时，爷爷显然连几个礼拜都撑不住的身体，与他那完全无法阻止的要去谈生意的执念，让我们每个人伤透脑筋，无论如何劝阻都难。

女儿会极力劝阻，更是因为她知道，即便没有这笔生

意,爷爷之前攒下来的积蓄,也够儿孙一脉安然无虞一生了。

看着烛光即将烧尽的老父亲,如此为另一位手足卖命,女儿心里,肯定五味杂陈。一方面是无论如何也要支持老父的心意,一方面又因认为老父此举不值而愤怒与慨叹。

那是我和顺益爷爷第一次见面,他刚因为肿瘤所并发的肠胃道大出血住院。现在症状缓和下来,爷爷坚持出院去谈生意。但连站都站不稳,而且持续有黑、红血便症状的爷爷,日子真的是多一天是一天。

女儿陪伴爸爸就医多年,深知这个病的头头尾尾。她现在最担心的,是这场疾病的结局:目前执意为这笔生意拼到底的爸爸或许会被杀个措手不及,以致不但这执拗的心愿无法达成,甚至还得和维生医疗与急救苦痛搏斗上好一阵子,才能善终。

爷爷多少猜得到自己的病情

我和爷爷聊了一下这一场病。发现他对于病情虽然不甚知情,但话里语间知道这场病是来势汹汹的。自己短短一周内,从能走变成轮椅代步,加上年事已高,恐怕时日无多,他认为残破的身躯,不必勉强。

我问他，是否曾想知道自己得的是什么病？

他说，家人都不讲啊。不过，自己多少猜得到啦！

我问他，残破的身体不必勉强，是什么意思？你想要怎么样圆满一生？想在医院里接受维生医疗吗？还有这样的拼劲吗？

爷爷很快地告诉我："免了。这些都免了！"

其实，爷爷对自己生命与健康的想法，出乎家人意料地吻合安宁缓和照护，以及拒绝无效急救的理念，所以，在毫无滞碍之下，爷爷签署了这些重要的医疗意愿书。

最后，问他还有什么事情想要问吗？他说："快让我回家，我还是想看看，有没有机会谈成这笔生意！"

想要去谈生意的爷爷没两天，就因为大量的出血，回来安宁病房了。爷爷虚弱，但是看来泰然，症状也在团队的处理下，不至于太过影响生活质量。

但女儿和孙女在焦虑地等我，虽然爷爷已经表达了关于医疗部分的意愿，但是因为仍旧坚持着想要谈生意，因此女儿和孙女一直无法得知，爷爷是否知道这就是他生命的最后一点时光，而他到底希望怎么度过。

其实，知道时日有多少，或许，爷爷不一定会有什么不一样的打算。然而，担心自己还能做什么却错过的女儿和孙女，正为了未来可能会产生的遗憾而焦虑着。

虽然，我并不认为爷爷对于自己的时日完全没有感受，但是那一笔很有可能无法谈成的生意，究竟会不会造成爷爷心底的遗憾，甚至牵动着这些身边关心他的人的心情，倒是我也很想关注的。于是，我决定这一次要和爷爷开诚布公了。

女儿和孙女心心念念的"实话"，便是这一次的对话，而不是上一次爷爷签署拒绝无效急救意愿书时的对话。

爷爷早就打点好了每一种可能

"爷爷，我想和你聊一聊你的病。我和你讲什么，都可以吗？"我问顺益爷爷。

"都可以啊！"爷爷并不觉得团队和女儿、孙女忽然之间都围住了他，有任何的恐惧或压迫感，很爽朗地应允我想要和他对话的邀请。

"爷爷，最近你常回来住院，可是我们发现，医疗能够帮上你的地方，已经很有限了。我们在想，如果已经没有办法帮你改善病情，要怎么样配合其他方式的照顾，让你能更不用被限制在医院，并且可以舒适自在，过你想要的生活。"

我告诉爷爷，医疗得放手了，但相较于已经无法再往

262

前推的医疗，照护却是没有极限的，永远能换个方式继续。

"那我回家吧！我其实很讨厌住院的！"

爷爷谈到回家，女儿和孙女的眼光热切。孙女马上拉住爷爷的手，近期为了照护爷爷而辞职的孙女，非常希望能够为爷爷多尽一点照护的心力。

"回家没有问题啊，但是我们得做一些准备。如果我们在家还是得打针，护理师会去家里帮忙，我也要教孙女。你觉得可以吗？"

说到要回家，大多数的病人是期待的，但其实很多的末期病人和家属，会因为回家要面临的照护而却步。

事实上，众多的照护经验告诉我们，这些照护并不困难，只要愿意信赖居家团队的协助。因此，我还是把现实的状况告诉爷爷，免得让他的期待和照护的实况相差太远。

"好啊，就麻烦你们啰，医师！"爷爷似乎并不担忧。大体上没有问题，下一步，便是重点了。

"爷爷，最近我们看到，器官都在衰退了。依我预估，身体或许再撑几个礼拜而已了。如果还要去谈生意，会不会太勉强身体了一点？"女儿和孙女身体的姿态，现在看起来比我和爷爷都还要紧绷。

"这样啊，罢了。这生意起码还要两个月才谈得成。上天不成全啊，我也尽力了。医师，我真的真的想回家了，

263

再也不要来医院了。你这两天就可以给我出院吗？"

没有惊涛骇浪。那个执拗的心愿，一点都不执拗，原来爷爷早就打点好了每一种可能，只要一个明确的答案。还能做啥，不能做啥，爷爷清楚得很。

贴心而聪慧的孙女，用一天的时间，学好了回家后所要应付的每一种照护方式与药物。隔天，很快地把爷爷带回家，爷爷在家度过了非常悠闲与受到悉心照料的一个月，安然地在家与世长辞了。

爷爷离开的那一日下午，孙女全心投入在计算机里，寻找照护爷爷这段时间各种充满重要纪念意义的照片，做成了一部小影片。居家护理师将这部影片，以及一盒孙女想要赠给我的小点心，一并带回来与我分享。

关于病情的实话，其实一点都不可怕。重要的，从来都不是要告诉病人病情的实话。而是，如果实情就是如此，我们能够一起做点什么。如果重点在能做什么，实话不过就是个开胃酒，让后续的酣谈成为可能。

顺益爷爷的女儿和孙女会这么感激我的实话，是因为，她们和爷爷最终共酿了一坛美酒，而我是那个告诉她们"就勇敢地把材料丢进去发酵吧"的人。

最后一里路的

安 心 锦 囊

————————

告知家人坏消息实在太困难了，似乎隐瞒起来，是最
简单的事情，大家也都不必为此忧心。但，实情真是如
此吗？

如果我是病人：

疾病所带给病人的症状感受与负担，病人自身是最清
楚的。当病人感受到身体的状况有异，而家人与医师又总
是辟室密谈时，还会坚信自己的身体绝对没问题的是少数。

但是因为得不到答案，所以只好自行猜测。这样的猜
测，对身体与心理来说，是非常不健康的一种行为。因为
不确定感而造成的焦虑或是恐慌，甚至是愤怒与不安，都
会让病人的照护与恢复变得困难。

研究也显示，知道自己病情的末期病人，因为能够获
得对病情掌握的确定感，也可以对自己的生命，进行明确
的安排，因此往往更有勇气和能量接受疾病所带来的挑战，
也更愿意接受治疗。

如果我是家人：

有时家人没有选择让病人接受病情，并不一定是不愿意，而是不知道如何启齿。这时，可以借由医疗团队的帮忙，先从让病人叙述目前身体的症状，以及他是否有意愿了解自身的状况开头，甚至可以先讨论他基于现有年纪、体力、生活期待等，而对疾病治疗的看法，再依循病人的价值观或是理解能力和情绪反应的习惯，选择适合的说明时机与方式，让病人逐步了解未来的计划以及自己的偏好，让他参与到对自我生命的掌控中。

请记住一件很重要的事，告诉病人病情，不是为了打击病人的士气。事实上，合适而有技巧的告知，几乎不会打击病人的士气。告诉病人病情是因为背后一个重要的理念，那就是瓦莱丽·比林厄姆(Valerie Billingham)女士在奥地利一场医病合作的会议中所说的："任何关于我的事，我一定要参与。"(Nothing about me without me.)

黄鹄一远别

每次回想，我都觉得我真的是吃了熊心豹子胆。
万一病人在家怎么了，我肯定吃不完兜着走，
可是，我实在无法忍受他想回家的渴望神情。

安宁病房每隔一段时间就会安排遗族活动，和我们照顾过的家属聚聚，也叙一叙少了一个重要的人后，生活的变动，以及思念与哀伤。而宏文伯伯是唯一的病人。这个总是爽朗却又爱挖苦人，但是极度善良的可爱伯伯，跟我们有一段关系好深好深的故事。

他嫌我门诊外头的大头照拍得太丑，又说我最近两个月脸都变尖了，是不是念书太累。他送来清晨六点排队买到的甜烧饼，使得我已经无法分清楚，到底是谁在照顾着谁。

宏文伯伯，其实后来我们都叫他宏文老师，是号"安平老人"的著名书法家朱玖莹麾下的十二位大弟子之一。

在谷底的人

一开始，我们都不知道他的过去。肝肿瘤做完栓塞后，因大出血昏迷在家的一位独居伯伯，被恰好前往探视的弟弟与妹妹送来医院。幸而捡回一命后，我们与子女讨论，决议停止无效的抗肿瘤治疗，转而进行安宁照护。

后来，我一直被他吐槽的就是："谢医师那时候都叫我女儿去买瓮了！"

大难未死，从病中逐渐恢复神志的他，所言所语，总让我们在"肝昏迷"与"谵妄"中质疑着，而我们却不知道，他说的，句句是真。

觉得他意识应该没问题的是我。不晓得是否疾病并发症来得太匆促的关系，他遗忘了从最后一次栓塞治疗到在安宁病房初醒之间的每一件事，包含如何在家昏厥与送医的过程。

某天，我觉得不能只是与子女讨论他的未来，所以特地跑进病房找他聊天。

他跟我提到一路以来照护他的肠胃科医师，然后跟我说了一段话："对于病人我，我是在谷底的人，你们每位照护人员才是在峰顶的人。峰顶的人，才看得清一切，所以你的建议是我最好的决定，我就会这样做！"

交班会议时，我转述了这番话，希望让团队明白，这是一个对于世事看得如此透彻的人。

而我们又花了一两周的时间，才从他的"盐务局长""世界各地从商""面相学姓名学"，以及"写书法必须先稳聚底盘的力量"等片段描述中，拼凑了属于他的故事。

原以为这会是永远的借口

他说自小不爱念书，但爱书法。某天，有个学长叫他去找"玖公"（也就是书法家朱玖莹），他几乎三次拜访才获见，然后跟在老师身边，当了数年做杂务的小学徒，学会念稗官野史、各式私塾文本，然后练出一手好字，成为十二大弟子之一。

他有次慨叹地对我说："其实，有好几位拿着老师教的字去赚钱了，可是，其实老师是不能接受用写字营利的。如果我还能好起来，我的余生，都要为老师写字，传扬他的书法，却不收一分一毫。"

因为他非常反对机构照护，但子女皆在外县市，担心回老家会发生意外的他，在医护、子女善意的谎言——"先去慢性医院治疗、复健"中出了院。

那几天，我非常非常难过。我说了谎，骗他要去其他医院继续住院。我无法斩钉截铁地告诉他："你再也无法行走、写书法了！"

他一直思念着已故的玖公，也念着这处被他们这几位大弟子称为"改得面目全非"的玖公安平故居。我趁着他出院前一日，顶着细雨，前往朱玖莹故居，拍了好多照片，做成一本相册送给他，他好喜欢。打包出院行李时，就一直要看着那本相册被包进去。直到后来，他又离开了护理之家，回到家里，相册仍一直放在身边。

而且，被他放在身边的，不只是我做给他的相册，还包括我的每张剪报。他说："你天天都在我身边啊，我一天要看好几十次耶！"

我到护理之家去看他的前一天，他会从楼上喊到楼下，说："谢医师明天要来看我了！"

我出现的当天，他会跑到电梯口等我，然后继续让经过的人耳朵长茧般地反复诉说："谢医师来看我了，她是我住院时照顾我的医生喔！"

接着，嗓门大到不行地跟我抱怨护理之家的伙食多难吃，指着桌上朋友们帮他买来的豆浆、烧饼得意扬扬。

他勤于复健的努力，让我咋舌。因为他一直相信在慢性医院住院，终有出院的一天，所以我一直搪塞他："等你行走自如的时候，才可以出院。"我原以为这会是永远的借口。

大胆的决定，让他再次独居

直到那天，他开心得走来走去给我看，我脸都绿了。谎言无法持续。我左思右量，考虑了他的心愿，放胆地评估他的状态，诚意地和女儿讨论，决定让他隔天就回家，再次独居。

每次回想，我都觉得我真的是吃了熊心豹子胆。万一病人在家怎么了，我肯定吃不完兜着走，可是，我实在无法忍受他想回家的渴望神情。幸好宏文伯伯一点都没有辜负这番心意，后来还能骑着机车四处逛。

而写书法，他也做到了。只用大笔挥毫的他，竟稳稳回聚了他的底盘力量，写出气势万千的颜体。而他也慷慨地赠字，赠我、赠病房、赠有缘人，真正广传了他的师生情，甚至还帮当时的病房主任开设的咖啡馆写招牌呢！

他的状况好到我们安宁居家访视都结了案，他开始回我的门诊回诊。

有回，他早上六点多到市场排队，欢欣鼓舞地提着一袋香喷喷的甜烧饼到病房给我们。送甜烧饼的前一天，刚好是我和他约定的回诊时间。他在诊间特地提醒我，隔天下午去查房的时候（因为我隔天早上要出门做居家访视，遇不到他），一定——务必——要吃，还现场跟我表演吃完脆脆松松的美味的表情，超可爱的！遗族聚会那天，我就给他看了烧饼的照片，他笑得好开心。

我感觉心里头很暖。我们何曾料到，在医疗上被冷冰冰宣判"末期"之后，还能一路相伴走过如此丰富的路，令人无限惊奇与感恩。

在医病之间，总是病人教我们吧，也总是病人陪我们吧，我们又给出了什么呢？如果能多一些包容与理解，小心评估后，大胆下棋，会有多少美丽境界是太多小心防卫下所永远看不见的呢？而我真心感谢老天赐给我们勇气，做出真诚的决定，才能如此得到生命总和的最大值！

这便是我们一起达成的，最好的安排

回诊那天，他也刚好要来看他从鬼门关前踅了一圈回来之后，第一次的影像追踪检查报告。我只能说，老天爷还是有在眷顾纯朴、无所求之人的。

肿瘤不是不见了，而是数量、大小都没变。之前恶化期，整个侵入重要血管的状况，也不复见。

他说:"那我就再多活三个月啰!"我陪他莞尔。

他真的多活了三个月,不过,我们终究还是要和他分离。

四个月后的某个早上,我和小廷医师、居家护理师、病房法师在台南殡葬管理所,向我们的宏文伯伯告别。车上,我们谈了好多好多我们各自与他构筑的故事。

我们踏进告别式会场的时候,家祭正好近尾声。我坐在灵堂的座椅上,看着年轻帅气的宏文伯伯的照片,对他说话。脑海中挥之不去的,是他知道我考上了成大的研究所,新生座谈那一日,他骑着摩托车在学校外面叫住我。一身随意的家居服,还沾染着油漆,这影像拼命地跳出来,同时回荡着礼仪师制式地颂扬着逝者的言辞,泪水是怎么也关不住了。

早上叫我,下午却是手臂充满伤口地出现在我门诊。然而,来到门诊的他,依旧是衬衫笔挺,搭配西装裤,还是带着甜烧饼。原来是骑车时一个重心不稳,倾斜至行车道边的围栏上,便擦撞出了一排的伤口。

尔后的两个月,他描述自己越来越虚弱,食欲不振。早上的血糖偶尔偏低,也无法再次拿他的大朱砂笔写字,与病房里识与不识的朋友结缘了。

最后连续两次住院，仅相隔两日。不过，他都很幸运地有奇恩病房的床位，可以立刻入院。离世前的三日，他已经无法言语，却总是睁着大大的眼，不愿意阖上。看见我们靠近的时候，他会努力挤出笑容，腹部用力地喘息着。他对吗啡的反应，不是非常好，但不希望我用镇静药物，让他终日休息。

他的眼神在问我话，我懂，所以在他离开的前一日（当然，那时我还不知道他隔天就会离开了），我牵着他的手，一五一十把我对他病情的判断兼猜想，以及我对他一年来相处的了解告诉了他，表示如果积极地治疗后，他得到的是在赡养中心卧床度日，相信绝非他人生最后的时光所望，所以我会尽我所承诺过的，一路帮助他，安适好走。

我没说出口的是，我身为医者做与不做的为难。直到他离开之后，与他深交的几位团队成员跟我说的话，才让我真正释怀。

"他的孩子，都不在台南。若是他变成长期慢性患者，在这失能与失去尊严的日子，是难以受到好的照顾的啊！"

"宏文伯伯去年出院后去了护理之家，被你说可以回家之后，他又回了护理之家几次，但后来他不再去了。因为他说看到那里卧床、四肢挛缩、形销骨立、插着管路，又被约束的老人家，他完全受不了，每次都哭。"

宏文伯伯那天听我问说："你太太要来接你了喔？跟着她去，安心、开心吧？"他用力笑着点点头。（四十余年前便因病离世的发妻，是宏文伯伯一生的牵挂。他因为孩子没有在当初妻子离世时轻生，一生未再娶。旅游、经商、接触佛道、向安平老人学书法。他连自己的灵骨塔位，也都准备好了，就在安置亡妻的寺中。）

　　我于是知道，这便是我们一起达成的，最好的安排。我长揖，与他送别，还有不争气的泪，我感觉他会拍拍我的肩。

嘉会难再遇，三载为千秋。

临河濯长缨，念子怅悠悠。

远望悲风至，对酒不能酬。

行人怀往路，何以慰我愁。

独有盈觞酒，与子结绸缪。

　　且让我举一盅，敬我们忘年之交的友谊，还有宏文伯伯对我，少有人能出其右的信任。

最后一里路的

安心锦囊

_____

有时候，陪伴临终的过程需要一点勇气，而那样的勇气，应该如何拿捏呢？

在有限的生命时间内，想要用怎样的方式度过，这个发言权应该先交还给病人，然后其他的人，再参酌病人的身体健康情形、可以提供的照护协助，以及彼此对于成就这一件事的重要性做讨论，而非因为担心病人的体力无法负荷、医疗无法配合，或是容易发生风险，而阻碍了让病人成就心愿，以及生命成长的最后机会。

世界上的事，每一件都有风险。如果把风险以及预防和处理的方式都讨论好，也准备好了，那么，一起度过与承担的一切，都是最好的事情。

生病后的人，常常会被剥夺他原本的人格与人生，仿佛这个人只剩一个病历号、一场病与几条管路。

要让一个人感觉受到最有尊严的照护，就是去倾听他的故事，去了解他的过去，去探究过去他面对疾病或是困境的因应策略。之后，才能在当下或是未来真正以病人的角度，去建立个人化的治疗计划。

如果今天您遇到了一个开口不是谈药物或治疗，而是先坐下来了解病人的医疗人员，那么，请相信他，他会是一个很适合照护您的家人的医疗人员！

有些接受安宁照护的病人，真正影响他们生活功能的，不是疾病本身，而是衰弱。透过适当的复健，以及生活复能计划，其实有很多的末期病人还是可以回到日常生活中的，但这需要很多很多的耐心，很多很多的爱，以及很多很多的信任。

落雨暝

正当家人无法说动主治医师，又不知如何和父亲讨论时，某日父亲的老士官长走入病房，洪钟似的声音，大剌剌地响着："这就该住安宁病房了啊，怎么还这样僵持着呢！"

雨飒飒而落之前，他呕出大量的淤血，以最潇洒的姿态旋身而入净土之路。

我的手机响了两声，忽又静寂。没有接通，却已经让我了然于心。

我犹豫着，该回拨吗？几秒钟后，我决定等待它再次响起，因为几乎可以准确猜测对方拨打的理由，所以我决定先准备好我的心情，而那将关乎下一刻我从话筒中传递的能量，是否足以令对方稳住。

外头雨势之强烈，冲撞着窗棂，伴随着即将被揭开的消息，又平添了几许怆然。尘世之人脸上的泪比雨先下，纵然惊诧、不舍与哀恸，还是从那空白的思绪中，踉跄开启曾沙盘推演的程序。

在宅善终如此难？

"不要叫救护车，先打我们的电话。"这一向是缓和医疗照护团队会一再叮咛家属的话，让这样的叮嘱仿佛在脑回中生了根，使它能够在即使情绪崩盘的当下，反射性地跃然于颤抖按向电话钮键的指尖之上。

不过，这真的不是一件易事，所以一一九的救护车还是驶到了家门口。

身负第一线生命抢救的救护员，知悉汪伯伯才走完生命的最后一里路，正欲自现场离去。

此时，我幼时的同窗再度与我通上了线。我兀自担心，于是追着救护员通了话。

"我是他的主治医师，他是肝癌所致的自然死亡，本周才居家访视过。"我严正叮嘱了没有司法相验插手的空间。这刻时光，我不容许曾诺下的宁静尊严，再受打扰。

"但他们叫了救护车，我们还是一定得请警察过来一趟。"救护员语气并不冰冷，但还是回复了我一个制式的行政答案。

"这我清楚。请您转告警察即可。"

我无法阻挡既定的行政程序，但至少我是在有那么个万一的时候，可以出来担负一部分死亡判定相关讯息责任的人。

偶尔，我们照护的病人家属，依循叮咛没有在病人往生之后拨打一一九或一一〇，而是联系我们与礼仪业者，预备好好陪伴已离世的亲人，轻柔地完成在人间最后的大事，却被邻居报了警，那可真是痛上加痛。

要好好在宅善终会碰上的难题，有些实在是光怪陆离，直让我们心力交瘁，更足见努力之必要。

一场困兽之斗

我和汪伯伯相遇，始于家庭医学科的门诊。那些慢性代谢疾病所牵起的一季一会，这样的相会，持续了好长的时光，足可以年计算。

某日，我开立了数张单据，盼患慢性肝炎的他，好好检查一回。殊不知，就这么检出了肝肿瘤。接下来的一路，真是各种千回百转，直到将近半年后，他再回到门诊。

我惊讶于他沉郁扭结的表情，以及消瘦万分的脸颊与身躯。那时，他刚经历了第二次饱受副作用与并发症折磨的肿瘤栓塞。

他说，他想去另外一家医院看看，也想问问肝移植的事情。我想同他提安宁照护，却没有开口。

现在的他，情绪并不走在这个当下。就算及早讨论预立医疗决定，在理性上是多么地被同意与服膺，是件绝对不会错的事，但我也明白，那些想要开口与他们挚爱的家人讨论这件大事，却迟迟无法实行的心情。

后来，慢性的胆囊发炎让他从败血症中，非常吃力地恢复，身上从此跟了条引流管。而也在此时，甫归国的女儿，发现药袋上那位医师的名字，有很大的可能是她的往日同窗。

我们在门诊相见，难得在较轻松的气氛中聊了一阵。他们备齐了资料，着手开始一场肝移植的新历程。在他们离开门诊，即将前往另一家医院之前，我仅仅告诉我的同窗，我除了是家庭医学科医师，其实也是一位缓和医疗专科医师。

再次得到讯息，又是好几个月之后了。在他院的加护病房，汪伯伯偶尔清醒，却被呼吸器捆绑，显露痛楚，但仍斗志满满。

加护病房的医师偶然在几次会谈中，碰触了"撤除呼吸器"的字眼，却不曾细细说明。家人的焦虑与无助未被承起，他们只知道情况不甚乐观。

我的同窗终于在某日夜间联系我，探询着安宁照护的细节、维生治疗的抉择、父亲意愿的摸索，以及悲伤母亲的强大抗拒。

透过一来一往的信件，我已让同窗与其手足，理解了安宁照护的意义，也放下了疑虑。

他们决议，让母亲参与。纵使知道会是一场情绪的风暴，但这一群爱着父亲的人，应当有知晓一切可能性的权利。

汪伯伯如此勇敢、强韧，在漫长的时日后，清醒着脱离了呼吸器，回到普通病房。但治疗进入了死胡同，无法再康复的肝脏，重复出血又补血，毒素排除又累积，肿瘤异化，代谢作祟，产生无法汲取营养的恶病质状态，此时仿佛一场困兽之斗，是汪伯伯的，是家人的，也是治疗者的。

但即便如此，即便子女早已在我的循循善诱之下，亟欲希望安宁团队协助，开启找寻下一步的方向，那治疗者仍不甘挫败，怎么样也不肯发出一张安宁会诊单。

安宁照护带来的生命复原之力

同窗向我描述，正当家人无法说动主治医师，又不知如何和父亲讨论时，某日父亲的老士官长走入病房，洪钟似的声音，大剌剌地响着："这就该住安宁病房了啊，怎么还这样僵持着呢！"

汪伯伯虽被震慑，却似乎并非毫无准备。

主治医师的脸色铁青，只能吐出"我们还在尝试治疗啊"这些相形之下轻飘飘的字眼。

于是，我们想尽办法克服困难，在汪伯伯无法亲自会面的状况下，仔细让他明白了安宁照护的模式。家人自行找到意愿书签署，并携在身边。尔后，终于将他接来了我们的安宁病房。

家人凭借着对病人的爱与尊重，克服了对返家照护的焦虑。依循病人思念着家的心愿，病人从安宁病房出了院。

接下来的一年，他不但返了家，还停了洗肾，拔了管路，起了床，散了步，吃了美食，过了生活，这出乎我们预期的一切，让我们再次在生命之前，理解谦卑的必要。

其间，每一个决策的进退拿捏与全盘准备，已经不是医疗，而是艺术，而我们更因此学会陪伴，并再次领略安宁带来的生命复原之力。

我们好喜欢在居家访视之际，看着他，远远地自己走到巷口，满面笑颜。

与神明订下的约定

就在这个落雨暝的九日之前，我看着安宁居家护理师传来的一张相片，搭配着无奈却疼爱的语气。相片中，是他在一楼佛桌前掷筊的背影，只为了一条引流管到底可不可以拔掉。

医师说的不够有说服力，而且只是参考，得要他的神明说了，才算数。

我看着相片，想象着那一刻站在他身后的护理师的心情，喜见这样的生命价值张力。

雨下了，他挑选了这个时刻，定也是他与神明不知在何时订下的约吧，或许是在他此生步入凡尘之前。连方式都如此洒脱、帅气。

"谢谢，您在我很小的时候，就以同学家长的角色来到我身边。多年后，我在认不得您的状况下，成为您好一段时日的健康守门人。最终，则在疾病的侵扰下，还能一直若近若远地伴您走着、默默守着，就连您转身之际，都还留了件我可以做的事情。这缘分，我永生珍惜。"

那日夜里，我写下这段心绪。以朴素的文字，刻画一场值得感谢的生命遭逢，仿佛一曲丰厚人际关系之无限可能的颂歌。

最后一里路的

安 心 锦 囊

———————

当病人已经接受安宁居家的照护,最后又希望能够在家圆满一生时,我们应该如何准备呢?

定期的安宁居家访视,会协助病人和家人评估病情的阶段与症状,也会向家人说明,当病人即将离开时,会出现什么样的濒死症状,以及应该如何照护,所以绝对可以放心地在家陪伴亲爱的家人。

同时,安宁访视的医师,也会协助先开立病情相关的诊断书或病历。当病人离世后,就可以联络该地区的卫生所医师,协助开立死亡证明书。

已经准备要在家圆满的病人,如前述的预先安排以及心理上的准备是重要的,因为一旦在心慌意乱之下叫了救护车,救护人员在"紧急救护法"的规定下,负有急救病人的义务,如此,会让病人受到不必要的急救与伤害。

假如真的有无法处理的情况,请记得,先打电话给照护病人的安宁团队,才能确保一切照原先所计划的一样顺利。